COL·LECCIÓ

QUATRE AMICS I MIG

El cas del Pare Noel

edebé

Joachim Friedrich

El cas del Pare Noel

edebé

Títol original: *4 1/2 Freunde und die Weihnachtsmann Connection*

Passeig de Sant Joan Bosco, 62
08017 Barcelona
www.edebe.com

Directora de la col·lecció: Reina Duarte
Il·lustracions: Mikel Valverde
Traducció: Ferran Vila

2a edició

ISBN 84-236-7201-8
Dipòsit Legal: B. 44761-2004
Imprès a Espanya
Printed in Spain
EGS - Rosari, 2 - Barcelona

Índex

1. El Preciós ha de fer pipí 7

2. Nadons superdotats i altres talents 39

3. Angelets amb mitges 65

4. Una feina dura 89

5. El nan de jardí nadalenc 123

6. El caçador és caçat.. 157

7. Donem la volta a la truita 189

8. El Preciós es torna a comportar 213

1
El Preciós ha de fer pipí

Dimarts, 1 de desembre

—Si és que ja ho dic jo sempre, els nois sou tots uns babaus!

El Charly va fer uns ulls com unes taronges.

—Escolta, Estefi, no et passis! Jo només t'he fet una pregunta.

La mentida del dia! Des d'aquest matí, que me l'he trobat al pati de l'escola, no para de perseguir-me com un gos i d'empipar-me. I ara ja teníem l'últim pati. Però encara volia fer-lo rabiar una miqueta més.

—I tant que sou uns babaus! Encara no he conegut cap noia que pel seu aniversari vulgui un joc d'ordinador encara que no en tingui, d'ordinador.

—Però tu sí que en tens un! —va exclamar el Charly per desena vegada aquell matí—. I el meu germà no em deixa ni tan sols acostar-me al que nosaltres tenim a casa. A més, no es tracta d'un simple joc. De segur que el podríem fer servir per a la nostra agència de detectius.

—Agència de detectius! Quina agència, doncs?

Els ulls del Charly es van fer encara més grans.

—Ho saps molt bé! Al capdavall, ets sòcia de la meva agència de detectius Charly & Company.

—La teva agència de detectius? No em facis riure! Que potser tens cap cas? A més, no crec pas que amb aquest nou joc teu es pugui ser més bon detectiu.

—I tu què saps? Però si encara no hi has jugat! S'ha de perseguir un delinqüent per tot Londres. I només el pots enxampar sent un bon detectiu. Almenys això és el que diu a la caixa.

—Ja torneu a ser amb el joc d'ordinador? —vaig sentir una veu darrere meu.

Era el meu germà bessó, el Ravenet. De fet es diu Òscar, Òscar Rademacher. Però d'ençà que algú li va dir que semblava un ravenet petit, fins i tot nosaltres li diem així. De vegades em fa pena, perquè és tan baixet i els altres de la classe es fiquen amb ell. Fins i tot jo li trec ben bé un cap, encara que sóc la seva germana bessona.

—Ravenet, que podries convèncer la teva germana que seria bo per a Charly & Company que poguéssim provar el meu joc nou al seu ordinador? —va suplicar el Charly.

—Au, va, vinga, Estefi! —va dir.

Sempre feia el mateix: quan començàvem a discutir, provava de posar pau.

—Ja l'has fet patir força. Segurament que tu també tens curiositat per jugar-hi!

El pitjor de ser bessons és que ens coneixem molt bé.

—És possible —vaig replicar—. Però això no vol dir que qualsevol pugui posar les mans al meu ordinador.

—Qualsevol? —va exclamar el Charly—. Que potser jo sóc qualsevol? Pensa que som un equip...

—Eh, tio, eh! Qui és un equip?

El Fred se'ns va acostar. Ell és el quart membre de Charly & Company. La seva marca identificativa és «eh, tio, eh!», amb la qual s'adreça a tothom.

—Com que qui? —va cridar el Charly—. L'Estefi, el Ravenet, tu i jo, som Charly & Company!

Quan el Charly no podia fanfarronejar amb mi de ser el cap, ho intentava amb el Fred.

El Fred va fer cara d'ofès.

—Eh, tio, eh! Que jo només he preguntat! Per això no m'hauries d'escridassar. A més, t'has oblidat del Preciós.

El Preciós és el nostre gos. En realitat, se'l va trobar el Fred i, com que no el pot tenir a casa seva, perquè on viu amb la seva mare és un pis petit, vam decidir fer-nos-en càrrec tots plegats. Des d'aleshores viu a l'hort dels oncles del Charly, la tieta Hilde i l'oncle Werner.

—No he oblidat el teu estúpid gos! —va continuar rondinant el Charly—. A més, ara no estem parlant del Preciós!

El Fred no és dels que s'empipen amb facilitat, tret que algú insulti el Preciós.

—El Preciós no és estúpid! —va cridar, molt indignat—. Si algú n'és, d'estúpid, aleshores deus ser tu!

—I tant que sí! És un tanoca! Des que és amb nosaltres provo d'ensenyar-li les regles més bàsiques de la feina de detectiu, però no en papa ni una. Així que és un tanoca! I també és lleig!

La cara del Fred es va tornar vermella.

—Mentida! —va cridar—. El que passa és que ets massa ximple per ensenyar-li. I tampoc no és lleig! Només que el seu aspecte no és gens comú.

No sé exactament si el Charly és més ximple que el Preciós o a l'inrevés. Però en una cosa tenia raó el Charly: el Preciós és lleig. Amb la seva mitja orella, escabellat, sense dues dents i amb les potes esprimatxades, és probablement el gos més lleig del món, tal com ho anunciarien a la *tele.* L'única cosa que té bonica és el nom, i li vam posar nosaltres. Però, precisament perquè és lleig, tots nosaltres n'estem molt, d'ell. Ni el Charly no n'és una excepció, només que no ho admetrà mai.

—Però, què us passa a vosaltres dos? —va exclamar el Ravenet—. Que no teniu res millor a fer que escridassar-vos?

El Fred va encreuar els braços.

—Jo no he començat. No sé per què està tan alterat.

—Només està emprenyat perquè no el vull deixar jugar amb el meu ordinador.

—Eh, tio, eh! Un altre cop amb el joc d'ordinador aquest? Deixa'l jugar d'una vegada ja, Estefi; si no, no ens deixarà tranquils.

—Això també ja l'hi he dit jo, però té por que l'hi espatllem.

—I si et prometem que anirem amb molt de compte? —va provar de nou el Charly—. Cap de nosaltres no tocarà ni un pèl al teu estimat ordinador. I si vols et pots quedar amb el joc i jugar-hi tants cops com vulguis.

—I vosaltres anireu amb compte? —vaig tornar a preguntar—. El meu ordinador és dels cars. Els pares sempre s'estan queixant, perquè s'hi van haver de gastar molts calés.

Tots tres van assentir amb el cap. És clar, ja tornaven a estar d'acord.

—Entesos. Aleshores, per mi, podeu venir aquesta tarda a casa meva. Com més aviat millor. I de la Coca-Cola us n'encarregueu vosaltres!

—Fet! —va exclamar el Charly—. També puc portar xocolata i patates. Ens en van sobrar moltíssimes de la festa d'aniversari.

Després de l'escola, el Ravenet i jo vam tornar a casa plegats, com sempre. No vaig parlar gaire. Em vaig preguntar si no havia comès un error. Era el primer cop que deixava el meu ordinador a algú. Si encara tingués el vell, no hauria estat tan greu. Aquest, però, me l'havien regalat feia un parell de mesos pel meu aniversari. Havia renunciat a qualsevol altre regal, havia aportat tots els meus estalvis i, malgrat tot, els pares encara havien hagut d'escurar-se bé la butxaca per posar-hi la resta. I ara havia de deixar jugar-hi el Ravenet, el Charly i el Fred? D'altra banda, m'interessava força el joc que havien regalat al Charly. Al capdavall, jo també hi seria present, vaig pensar. De segur que no passaria res.

El Charly va arribar, com sempre, el primer, carregat amb ampolles de Coca-Cola, bosses de patates fregides i rajoles de xocolata.

—Que voleu fer una festa? —va preguntar la mare quan vam passar per la sala d'estar.

—No, no, senyora Rademacher —va respondre el Charly—. Només volem provar el meu joc nou d'ordinador, me'l van regalar pel meu aniversari.

—Llavors aneu amb compte! —va exclamar la mare—. Estefi, ja saps quant ens ha costat l'ordinador.

—No el pensem llançar per la finestra! —vaig replicar.

Encara estava ocupada llegint les instruccions de l'ordinador quan van entrar el Ravenet i el Fred a l'habitació. El Fred tenia el Preciós en braços. Però quan ens va veure al Charly i a mi, el Fred no el va poder sostenir gaire temps més. Va començar a saltar al meu voltant i al del Charly, movent la cua i xiulant.

El Preciós és l'únic gos que conec que, en comptes de bordar, xiula. És per les dues dents que li falten. Quan està excitat, se li escapa l'aire per aquest forat i sembla que xiuli.

Encara que el Charly critica constantment el nostre gos, és el que hi juga amb més entusiasme. No em sorprendria gens si un dia tots dos comencen a rosegar un os.

Quan ja va passar tot l'aldarull de les salutacions, vam donar al Preciós el seu os de goma, que portàvem sempre a tot arreu. Va jeure tranquil·lament en un racó i va mastegar amb molt de gust aquella cosa fastigosa.

Realment el joc que havia portat el Charly no estava gens malament. No obstant això, era bastant complicat. S'havia de pensar un munt, respondre preguntes i resoldre missions.

—És el programa perfecte d'entrenament per a detectius —va opinar el Charly.

Ens vam anar ficant cada cop més en el joc. I ens hi vam enganxar. Dels primers símptomes ni ens en vam adonar. El Preciós es va aixecar del seu racó, va caminar entre les nostres cames i va xiular fluixet pel forat de les dents.

—No ens destorbis, Preciós —li va ordenar el Charly—. La cosa és seriosa. Vés a jeure al teu racó i rosega el teu os.

El Preciós va obeir immediatament. Tot i així, de seguida va tornar a estar amb nosaltres xiulant una mica més fort.

—Em penso que vol fer pipí —va dir el Ravenet.

Jo em vaig mirar detingudament el nostre gos. El Ravenet tenia raó. Coneixia aquella mirada insistent.

—És veritat —va dir també el Charly—. Aleshores, qui s'ofereix voluntari per acompanyar-lo?

Ningú no va dir res. El joc era massa interessant.

—De segur que de seguida tenim la solució. Llavors podem anar plegats amb ell al carrer —vaig proposar.

Els altres hi van estar d'acord.

Malgrat tot, no estàvem tan a prop de la solució com jo em pensava. Aviat vam oblidar el Preciós i vam continuar jugant; només quan es va plantar a la porta gemegant ens vam assabentar que era allà.

—Ja va sent hora —va dir el Fred—. No ens n'hauríem d'anar? Podem continuar després.

—Només aquesta pregunta —va respondre el Charly—. Després fem una pausa. De fet ja tinc els ulls quadrats.

Ràpidament vam respondre la pregunta que ens havia fet el programa. Tot just quan volia guardar el nostre resultat, va passar.

—Eh, tio, eh! —va cridar el Fred—. Preciós...

Vaig fer un salt per llançar-me al damunt seu, però ja era massa tard. El Preciós havia aixecat la seva poteta que regalimava sobre la torre del meu ordinador. Disgustada, vaig veure com pujaven uns petits núvols d'un color gris blanquinós. Feia una pudor horrible! Però això no va ser tot. De sobte vam sentir una explosió i ens vam quedar a les fosques. El Preciós va començar a ploriquejar i va tornar al seu racó amb la cua entre les cames.

—Això ha estat un curtcircuit —va deduir el Charly innecessàriament.

Durant una estona em vaig quedar palplantada de l'ensurt. Aleshores vaig cridar a plens pulmons:

—Preciós! Ets un porc fastigós! T'has carregat el meu ordinador!

Si el pare no hagués entrat a l'habitació, probablement hagués escanyat aquell xiulet amb pèl.

El pare va arrugar la cara.

—Aquí fa una pudor bestial! Què heu fet aquesta vegada?

—L'Estefi no en té cap culpa, senyor Rademacher —em va defensar el Fred—. Ha estat el Preciós, s'ho ha fet a l'ordinador.

—S'ho ha fet? Com que s'ho ha fet?

—Doncs... —va respondre el Charly—. S'hi ha pixat.

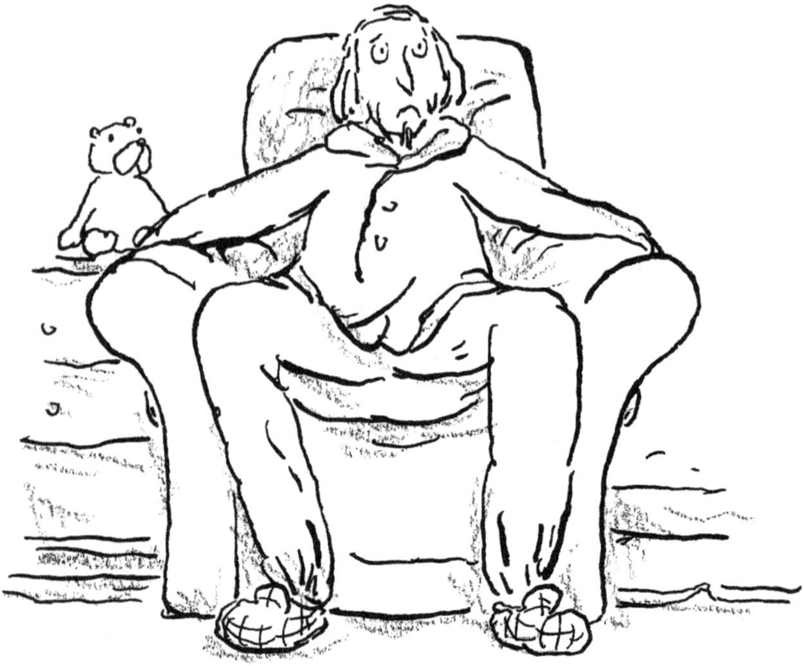

El pare va caure sobre el meu sofà.

—No pot ser veritat! Em pensava que el vostre gos estava ben instruït. Si ho hagués sabut, no entra a casa! Ja ho crec que no...

—Si us plau, pare, no t'enfadis —vaig exclamar amb veu plorosa, i no vaig haver de dissimular gens—. Pots mirar si encara funciona?

—Nois, nois... —va dir el pare movent el cap—, sempre n'esteu fent alguna. Entesos, em miraré l'ordinador. Però abans he d'anar al soterrani, de segur que s'ha fos un fusible. I vosaltres mentrestant desendolleu-lo, no fos cas que tornés a passar.

Tot seguit va tornar la llum. Nosaltres encara estàvem al voltant de l'ordinador sense saber què fer quan va entrar el pare a l'habitació.

—Bé —va dir—, a veure què li ha passat.

Es va agenollar i va girar la torre de l'ordinador cap a ell. En aquell moment vaig perdre tota esperança que hagués sobreviscut intacte a l'atac del Preciós. Les marques del fum negre fastigós a la reixeta de ventilació n'eren una prova evident.

—Això no té bona pinta —va dir també el pare—. No pinta gens bé. Amb una miqueta de sort, només s'haurà espatllat la font d'alimentació. Això només es pot comprovar traient la caixa, i això només ho pot fer un tècnic. Déu meu! Quina pudor! Que no pot anar un de vosaltres a buscar aigua i una baieta per treure aquesta porqueria d'aquí?

El Ravenet hi va anar corrents.

Vaig notar com em venien les llàgrimes als ulls.

—És car això, pare?

El pare va sospirar.

—De barata, segur que no ho és, la reparació.

Vaig empassar saliva.

—I ara què faig, jo?

—Jo de tu aniria demà mateix a la botiga on el vam comprar, allà et podran dir quant et costarà la reparació.

Mentrestant, el Ravenet va tornar i, amb cara de fàstic, va netejar el regalet del Preciós. De vegades és un sol. El Charly i el Fred, però, s'estaven allà drets com dos estaquirots sense dir res.

El pare es va aixecar lentament, es va plantar davant meu i em va acariciar el cap.

—Em sap greu, petita. Amb experiències com aquesta, una persona madura; no ho oblidis mai.

Llavors va sortir de l'habitació.

Quin consol! No obstant això, no era gens estrany que el pare fes servir el meu ordinador destrossat per dur a terme el seu programa educatiu. Al cap i a la fi, és professor.

Tan aviat com el pare va tancar la porta, el Charly i el Fred van tornar a la vida.

—Eh, tio, eh! Espero que el Preciós no hagi rebut cap descàrrega elèctrica!

—Per mi com si s'ha socarrimat —vaig exclamar mentre el Fred es llançava damunt del Preciós per fer-li un cop d'ull.

—No siguis tan dura amb el Preciós —va dir el Charly—. El pobre ens ha avisat amb temps de sobres.

—Sí, sí, ja ho sé. Però havia d'escollir precisament l'ordinador? No podia haver triat l'escriptori o el llum de peu?

—No està ferit! —va anunciar el Fred—. Si més no, pel que jo veig. Només està molt espantat, pobret meu.

—Sí, home, pobre... —vaig replicar—. Després que pagui la reparació seré la més pobra de tots. I això si és que la puc pagar.

—Que l'has de pagar tu tota sola? —va preguntar el Fred en veu baixa.

—Probablement, sí. No crec pas que els pares em vulguin donar diners per a això també, l'ordinador ja era prou car.

—Això ja t'ho pots treure del cap —va dir el

Ravenet donant-me la raó; i és que coneix els pares tan bé com jo—. Els pares no ho pagaran mai, això.

—I tens tants diners? —va voler saber el Charly.

—Si la reparació no és més cara que dotze amb cinquanta, llavors sí.

—Podríem ajuntar tot el que tinguem —va proposar el Fred—. Al capdavall, tots hi tenim una part de culpa, i el Preciós és *el nostre* gos.

Hauria fet un petó al Fred per aquella proposta. I ni el Charly ni el Ravenet no hi van posar cap pega. Potser devien tenir remordiments de consciència.

Quan vam comptar el nostre capital, vam arribar a la no menyspreable quantitat de trenta vuit euros amb cinquanta cèntims.

—Amb això no en tindrem prou —va afirmar encertadament el Fred.

Aquella mateixa nit vaig tenir un malson. Hi sortia el Preciós xiulant per casa nostra i fent-s'ho a tot arreu per on passava. El Ravenet, el Fred, el Charly i jo corríem rere seu. El Ravenet duia a la mà una gravadora, el Charly el seu joc d'ordinador, jo un ganivet i el Fred una farmaciola de primers auxilis mentre el pare cridava contínuament que ho hauríem de pagar tot.

Dimecres, 2 de desembre

Afortunadament, el pare va tenir temps aquella tarda i va estar d'acord a portar-nos en cotxe. L'ordinador pesava massa per dur-lo nosaltres.

Com més a prop érem de la botiga, més nerviosa em posava. Em passa el mateix quan sé que ens tornen un examen.

Quan hi vam arribar, ja ens estaven esperant el Fred i el Charly. Per sort, no havien portat el Preciós. Em penso que aquella tarda no hauria suportat la seva mirada.

El pare ens va ajudar a portar l'ordinador dins de la botiga. No obstant això, va anar-se'n de seguida. Jo sabia per què ho feia. Ens volia ensenyar que ell no tenia res a veure amb tot allò.

La botiga era diminuta i plena de tots aquests aparells que fan bategar més de pressa el cor d'un boig de la informàtica. Nosaltres érem els únics clients.

—Bona tarda, nois —ens va saludar el mateix home que ens havia venut l'ordinador—. En què us puc ajudar?

Vaig assenyalar la meva torre.

—Està espatllada i volíem preguntar-li quant costaria reparar-la.

L'home va sortir de darrere el mostrador i va fer una ullada al meu bonic ordinador.

—Oh, oh! —va dir aixecant-lo sense dir res més, i se'l va endur al taller.

—Oh, oh! —va repetir el Charly—. Què ha volgut dir amb això?

—Ni idea —va respondre el Ravenet—. Però de segur que no significa res de bo!

Tot i així, l'home somreia quan poc després va tornar del taller.

—Crec que heu tingut sort, nois. A part de la font d'alimentació sembla que no s'ha espatllat res més. Però què li ha passat, a l'aparell?

—S'ha mullat! —vaig dir ràpidament, abans que un dels altres expliqués la penosa història.

—I quant costarà la reparació? —va ser el Fred qui va fer la pregunta decisiva.

L'home es va gratar la barbeta.

—Bé, doncs..., amb tres-cents en tindreu de sobres.

—Tres-cents? —vaig cridar—. Tan car?

—No teniu pas tants diners, oi?

Gairebé tots alhora vam moure el cap.

L'home va sospirar.

—Dos-cents cinquanta, però només perquè el vau comprar aquí. Més barat no us ho puc deixar.

—Tampoc no en tenim tants —vaig dir fluixet.

—Doncs, potser els vostres pares us donaran la resta.

Quan tornàvem a ser dins del cotxe amb la torre, vaig dir:

—Dos-cents cinquanta!

—Podria haver estat encara pitjor —va dir el pare.

Pitjor? Ell sabia exactament que mai no podríem reunir tants diners. Però si ell ens donava cada mes la nostra paga!

—Que no ho podeu pagar vosaltres? —va preguntar el Ravenet per mi.

El pare el va mirar primer a ell i després a mi.

—La mare i jo en vam parlar ahir al vespre, i us podem proposar de regalar-vos la reparació per Nadal. Però haureu de renunciar als altres regals.

El Ravenet va agafar una mica d'aire, però finalment no va dir res.

—Però si ja ens havíem demanat altres coses! —vaig exclamar.

—Ja —va dir el pare—, però tot no pot ser. O la reparació o els altres regals.

Estava a punt de conformar-m'hi. Tanmateix, alguna cosa em va retenir. Probablement l'orgull.

—No —vaig dir finalment—. Ja reunirem els diners. I si no, doncs a estalviar.

El pare va assentir.

—Com vulgueu.

Mentre carregàvem la torre al maleter, ningú no va dir res més.

—Bé, doncs així fins demà a l'escola —es va acomiadar el Charly ben fluix i va marxar amb el Fred.

Vaig estar furiosa durant tot el camí de tornada a casa. No sabia ben bé per què, i això encara em posava més furiosa. Quan vam arribar a casa, m'hauria agradat enviar-los a tots d'una puntada a la lluna: els pares per no voler pagar la reparació; el Preciós per pixar-se en el meu bonic ordinador, i naturalment, el Charly, perquè si no hagués estat pel seu estúpid joc, res de tot això no hauria passat.

Dijous, 3 de desembre

Quan ens vam trobar al pati abans de classe, el Charly va fer una observació:

—El Fred i jo vam decidir ahir que no us podem deixar a l'estacada —va dir de seguida.

—I què vol dir, això? —vaig voler saber.

—Està ben clar! Doncs que tots plegats intentarem recollir tots els diners! —el Charly va treure un paper de la butxaca—. Aquí, he tingut ja algunes idees.

Típic del Charly. No deixa mai res a l'atzar.

Vaig agafar el paper i el vaig llegir:

Possibilitats per aconseguir diners:

1. Preguntar als avis i als pares.

2. Vendre coses valuoses.

3. Cobrar una recompensa.

4. Treballar.

—Eh, tio, eh! —va cridar el Fred després de llegir ell també la nota del Charly—. Quines coses valuoses se suposa que hem de vendre?

—I per què vols cobrar una recompensa? —va preguntar el Ravenet.

El Charly va aixecar la mà.

—A poc a poc! Una cosa després de l'altra. Estava pensant en una cosa mentre feia la llista.

—Tu, pensant? —vaig interrompre'l—. Això sí que és nou!

Quan el Charly deixa escapar frases com aquesta, cosa que fa sovint, l'he de contradir. Si no, un bon dia es pensarà que és el nostre cap o una cosa per l'estil.

El Charly ja hi està acostumat, així que va continuar xerrant.

—En primer lloc, tenim el més fàcil, i en últim lloc el més treballós.

—Eh, tio, eh! Treballar sempre és el més treballós!

He de dir que el Fred en va aprenent a poc a poc.

—Aleshores, opines que hem de començar de dalt a baix? —va voler saber el Ravenet.

El Charly va assentir.

—Exacte, col·lega.

—Però l'Estefi i jo ja hem preguntat als nostres pares!

—Ja ho sé. Però el Fred i jo encara no. Tot i que ja sé què diran els meus també, però almenys ho hauríem de provar. I després encara tenim els avis.

—Entesos —vaig dir—. Aquesta tarda truquem a tots els nostres avis. Així que demà podrem veure el resultat.

—Eh, tio, eh! Puc preguntar, llavors, quines coses valuoses hauríem de vendre? De fet, jo no tinc res, de valuós. I encara que en tingués, qui ho hauria de comprar?

El Charly va assenyalar el seu voltant.

—Aquí hi ha gent de sobres.

—Gent tan pelada com nosaltres —vaig afegir—. Ostres, d'aquí un parell de setmanes és Nadal. Ja saps quants calés es gasten en regals.

El Charly va mostrar la seva desaprovació amb un gest de la mà.

—Un parell d'aquests tenen diners de sobres. Això ho sé jo.

—Encara no has respost la pregunta de què hem de vendre'ls —va dir el Ravenet.

—Que no teniu res? Què em dius dels teus còmics, Ravenet?

—Que t'has begut l'enteniment? —va exclamar el meu germà—. Per damunt del meu cadàver! Ven tu alguna cosa!

—Ja hi he rumiat, però no se m'ha acudit res que pugui vendre sense que se n'assabentin els pares.

El Fred també movia el cap.

—Jo tampoc no tinc res, zero.

—Aleshores passem al punt 3: «Cobrar una recompensa» —va dir el Ravenet en un to burleta.

Excepcionalment, el Charly va entendre que no li fèiem gaire cas.

—Això ja ho sabeu vosaltres! —va exclamar quan el Fred i jo ens el vam mirar una mica perduts—. Ens hem d'esforçar més per resoldre un cas. Aleshores cobrarem una recompensa.

—Si he d'esperar això, ja puc llençar el meu ordinador a les escombraries.

—Aleshores només ens queda buscar-nos una feina —va concloure el Fred.

—Jo proposaria esperar-nos fins a saber quant podem recollir amb l'acció «pares i avis» —va proposar el nostre cap—. O és que potser us estimeu més treballar?

En aquest punt ens vam posar d'acord ràpidament.

El Ravenet i jo vam entrar en acció tot just havent dinat. Trucar per telèfon era força perillós. La mare i el pare no n'havien de saber res de res; i, com que tant els pares de la mare com els del pare viuen a la nostra ciutat, vam anar a veure'ls amb bici.

Quan vam tornar a casa cap al vespre, estàvem plens de pastís i galetes i érem trenta euros més rics.

—No està gens malament —va opinar el Ravenet quan érem a la seva habitació després de sopar comptant el nostre capital—. Si el Charly i el Fred han aconseguit tant com nosaltres, ja hem avançat una mica més.

Divendres, 4 de desembre

Com el dia abans, el Charly i el Fred ja ens estaven esperant quan vam arribar al pati de l'escola. Una mirada a les seves cares va ser suficient per saber que els miracles només passen en els contes.

—Trenta-cinc —va dir el Charly.

—Dotze amb setanta-quatre —va dir el Fred.

—Dotze amb setanta-quatre? —va repetir el Ravenet—. I com és, això?

—Eh, tio, eh! Que només tinc una àvia, i m'ha donat tota la seva col·lecció de cèntims!

—I quant tenim ara, tot plegat? —vaig voler saber.

El Charly va treure un paper i va començar a sumar.

—Cent setze euros i vint-i-quatre cèntims.

No va ser cap sorpresa. Tanmateix, em vaig espantar.

—Aleshores encara ens fan falta gairebé cent quaranta euros!

—Eh, tio, eh! I encara hem de comprar els regals de Nadal!

—Llavors no ens queda cap altre remei que buscar-nos una feina —va concloure el Charly, com si no hi hagués cosa més fàcil que això.

—Ah sí? I com t'ho penses fer, setciències? —vaig continuar.

Quan presumeix tant, em posa nerviosa!

—Ja he pensat en una cosa.

—Eh, tio, eh! Que no pots dir-ho sense tanta intriga?

—Sovint llegeixo els anuncis al diari, per si algú busca un detectiu. I aleshores se'm va acudir que hi ha empreses que busquen estudiants per feines a les vacances i tal...

—Però si encara no tenim vacances! —va dir el Ravenet, reflexiu.

—Tant és! Potser hi ha alguna cosa per les tardes.

—Eh, tio, eh! Ravenet, tu has cuidat de vegades el nen dels teus veïns, oi? Que no ho podríem tornar a fer?

El Ravenet va fer que no amb el cap.

—Des que sóc a Charly & Company ja no tinc temps per a això, així que el Basti ara té una nova cangur.

—Aleshores mirem els anuncis del diari —va afirmar el Charly—. Demà és dissabte i sempre en surten publicats molts.

2
Nadons superdotats i altres talents

Dissabte, 5 de desembre

Havent esmorzat, el Ravenet i jo vam marxar cap a casa del Fred, on havíem quedat. Per sort, els pares sempre llegien el diari esmorzant, de manera que el vam poder agafar sense que se n'adonessin. Els pares s'havien d'assabentar dels nostres plans com més tard millor.

—Quedem a primera hora del matí —va decidir el Charly—. Perquè si no, les millors feines ja les hauran donat. I que cadascú porti un diari, així anirem més de pressa.

Feia com si els diaris estiguessin plens de feines per a nosaltres!

—Què hi ha? Ja torneu a fer una reunió a casa nostra? —ens va saludar la mare del Fred.

D'ençà del nostre últim cas, anem molt sovint

a casa seva. A mi m'agrada molt que quedem allà, és molt acollidor tot plegat. A casa meva, en canvi, l'ambient és més estirat. Tot just acabàvem de seure a l'habitació del Fred, quan la seva mare va entrar amb panets calents.

—Així és molt més divertit jugar a detectius —va dir rient, i va tornar a marxar.

—Jugar —va gemegar el Charly—. Ens prendran mai seriosament, els adults?

—Para de queixar-te —vaig replicar—. I llegim el diari.

El Charly tenia raó. El diari estava ple d'anuncis de feines. Tanmateix, ens quedaven una mica massa grans.

—Eh, tios, eh! —va exclamar de sobte el Fred—. Els dissabtes ens fiquen també a la bústia la revista d'anuncis gratuïts. Potser hi trobem alguna cosa per a nosaltres!

Va anar a buscar-la i ens hi vam posar tots plegats.

A la segona pàgina tots ens vam fixar gairebé alhora en un anunci:

Es busquen nois i noies amb talent interpretatiu!
Agència Jingle Bells
Carrer de la Cirera, 15 A
Presenteu-vos dilluns a les 15 h

El Charly va fer un bot.

—L'hem trobat, nois! L'hem trobat!

—Talent interpretatiu —va murmurar el Ravenet—. Què deuen voler dir?

—Ostres, Ravenet! —va exclamar el Charly—. Està ben clar! Busquen nens per a la *tele* o per a una pel·lícula. Així es busquen sempre els nous talents!

—Eh, tios, eh! I per a quina pel·lícula?

—I jo què sé! Potser per a una pel·lícula d'espies o de policies!

—És clar! —vaig dir—. Probablement el protagonista d'una pel·lícula de Hollywood.

Malgrat que vaig tornar a tenir una ocasió d'or per poder prendre el pèl al Charly, ho vaig deixar estar. L'anunci també m'havia despertat la curiositat. I si buscaven en realitat una actriu per a una pel·lícula?

En qualsevol cas, ens va quedar ben clar a tots que dilluns havíem de ser a l'agència Jingle Bells a les tres en punt. Fins i tot vaig estar d'acord que el Fred hi portés el Preciós. Abans, però, li vaig haver de prometre que no li faria res al petit monstre xiulet.

Diumenge, 6 de desembre

Què es pot fer un diumenge a la tarda sense ordinador? És un infern! Els pares havien sortit a passejar; el Ravenet s'estava a la seva habitació llegint còmics estúpids i a mi em queia el sostre al damunt! Estava tan desesperada que em vaig llançar damunt de l'arbre de Nadal que havíem decorat, amb xocolata i caramels, la vigília a la tarda. Finalment vaig seure a la sala d'estar davant del televisor: programes per a nens i pel·lícules de les èpoques que estudiem en els nostres llibres d'història.

Realment em vaig alegrar quan el Charly va picar a la porta. Això no acostuma a passar gaire sovint. Normalment apareix en els moments menys oportuns, és a dir, quan m'assec davant de l'ordinador.

Ens vam acomodar a la meva habitació.

—Que no vas a buscar el Ravenet? —em va preguntar.

Ni que ho fes expressament. De vegades penso que es busca ell tot solet que li prengui el pèl.

—Per què m'ho preguntes? —vaig replicar—. Que potser no vols estar amb mi a soles?

Sempre funciona. El Charly es va posar vermell com un tomàquet.

—No, no! No havia volgut dir això! Fins i tot me n'alegro molt, si podem xerrar tots dos sols.

—I per què?

—Doncs perquè et vull preguntar si realment creus que tinc talent.

—Com?

—Com a actor, vull dir. De fet he estat practicant davant del mirall.

—Que has què? —estava tan sorpresa que ni tan sols podia riure.

—Si us plau, Estefi. No diguis res a ningú. De segur que el Fred i el teu germà es riurien de mi.

—I et penses que no ho faig jo?

—I tant! Però amb tu ja hi estic acostumat. Sempre et rius de mi.

—És culpa teva!

—Ah, sí? I per què?

—Si ho vols saber, t'ho diré... Perquè et creus que ets el cap i perquè et prens massa seriosament tota aquesta història dels detectius. O és que de debò et penses que algun dia arribarem a resoldre cap cas? Vull dir amb recompensa i tota la pesca.

El Charly va obrir uns ulls com unes taronges.

—I tant que sí! Per què no?

—Perquè no vivim a Nova York, sinó aquí. I perquè no som els herois fantàstics de les pel·lícules, sinó... Bé, això, que som gent normal i corrent.

—Normal? —va exclamar el Charly—. Se suposa que som normals?

—Bé, més o menys —vaig reconèixer—. Però no pateixis, hi participaré. Potser tens raó i els de l'agència busquen realment algú per a una pel·lícula de policies. Així almenys podrem fer com si ho fóssim.

—Si és que ens agafen —va reflexionar el Charly—. Per això he estat practicant.

No el vaig poder aturar. Em va representar tot el que havia assajat davant del mirall: el paper d'un policia insistent que interrogava un delinqüent especialment malvat; el d'un atracador de bancs brutal que obligava el caixer a donar-li tots els diners, i el d'un nen orfe que sobrevivia gràcies a petits furts ocasionals i que la policia aconseguia atrapar.

—D'aquesta manera estaré preparat per a tot —va afirmar el Charly.

No cal que digui que la tarda del diumenge me l'havia salvat. Cap pel·lícula no pot arribar a ser més divertida.

Dilluns, 7 de desembre

Amb les seves interpretacions, el Charly havia aconseguit clarament una cosa: estava més encuriosida pel que ens estava esperant a l'agència Jingle Bells. La nostra entrevista, però, va començar accidentada. Vam arribar tard. El Fred en va tenir la culpa. Vam estar esperant almenys vint minuts davant del número 15 A del carrer de la Cirera, i el Charly va mirar com a mínim vint cops el rellotge quan el Fred finalment va aparèixer corrents per una cantonada. Com sempre, duia el Preciós en braços. Si continuava així, el nostre gos al final acabaria oblidant com es camina.

—Ja era hora! —va cridar el Charly—. Si per culpa teva no ens donen el paper, veuràs!

—Eh, tio, eh! —va esbufegar el Fred sense poder respirar quan ja era al nostre costat—. El Preciós no volia venir. De poc em mossega.

—Mossega? —vaig exclamar—. Però que en sap?

El Fred em va llançar una mirada de les que maten.

—Primerament volia menjar —va continuar—. De fet, li havia portat una cosa per a aquest vespre, però no ha volgut esperar-se tant de temps.

—Que potser t'ho ha dit ell, això? —vaig preguntar.

—Tant és —es va ficar pel mig el Ravenet—. Ja hi som tots, doncs entrem-hi, abans no es faci tard!

L'agència Jingle Bells era a la segona planta. Tot entrant hi havia una dona asseguda darrere d'un escriptori enorme. Segurament una mena de recepcionista.

—Que fem tard? —va preguntar de seguida el Charly.

Ella va somriure amablement i va moure el cap dient que no.

—No, però ja hi ha més gent abans que vosaltres. Us haureu d'esperar.

—Cap problema —va dir el Charly, fent-se l'important—. Tenim temps.

La dona de darrere de l'escriptori enorme va escriure els nostres noms. Després ens va assenyalar l'habitació on havíem d'esperar.

Quan vaig obrir la porta, em van entrar ganes de tornar cap a casa. L'habitació era tan plena com la sala d'espera d'un metge quan hi ha passa de grip. Vam trobar un lloc lliure per seure en un racó.

Vaig mirar detingudament al meu voltant. El primer que vaig notar és que érem els únics que no estaven amb els seus pares. Probablement per aquest motiu els adults ens miraven tan desconfiats.

—Eh, tios, eh! —va mussitar el Fred—. Per què ens miren així?

—Està ben clar! —va respondre el Charly en veu baixa—. Tenen por que els prenguem el paper als seus nens.

—No seria millor que marxéssim? —va dir el

Ravenet—. Segurament, quan ens toqui, el paper ja estarà donat.

El Charly va fer un gest de desaprovació.

—Ximpleries! Primer perquè prenen una decisió després d'haver vist tothom, i segon, perquè això sembla una escola bressol! No tenim competència!

Tenia raó. Al costat nostre hi havia una dona amb el seu nadó a la falda. Duia una jaqueta de puntes, pantalons de puntes, mitjons de puntes i una gorra de puntes també. Semblava que hagués sortit del catàleg d'uns grans magatzems. No obstant això, no desentonava gens. Pel que vaig poder veure, nosaltres érem els únics que anàvem vestits amb roba normal. Tots els altres s'havien vestit i empolainat com si anessin a l'aniversari de l'àvia. Una nena, fins i tot, hi havia anat amb el seu vestit de ballet. Es va aixecar un parell de vegades i va començar a flexionar-se com si volgués escalfar per a una representació.

—Eh, tio, eh! —va grunyir el Fred amb veu tremolosa quan va passar pel costat nostre de puntetes mirant-nos amb arrogància—. Que haurem de ballar?

—Ara no t'ho facis a sobre! —va respondre el Charly per mi—. L'anunci no deia res de ballar.

La dona amb el nadó vestit de puntes a la falda ens mirava amb interès.

—Probablement estan buscant algú per a un anunci publicitari —va ficar-s'hi—. No se sap mai què busquen exactament. Això ja ho he fet jo abans més d'una vegada. De fet, el meu Max té un talent natural extraordinari.

Em vaig preguntar si no tindria cap perruquer a qui explicar-li tot allò. Per això només vaig respondre:

—Ves...

Malgrat tot, la mare del Max ja no es podia frenar.

—Per exemple, riu quan l'hi dius —va anunciar en veu tan alta que la van poder sentir tots a l'habitació—. Riu una mica, Max!

El petit Max no va fer cas de l'ordre de la seva mare. Llepava el seu biberó i observava atentament una mosca que trepava per la paret.

—Ves que beneita que és la mare! El petit Max no pot riure si té el seu biberó a la boca.

L'hi va treure. En aquell mateix instant, el talent natural va començar a marranejar com si l'estiguessin matant i, amb la mateixa rapidesa amb què li havia tret el biberó, la seva mare l'hi va tornar a encolomar.

—Normalment sempre ho fa —va murmurar, després va mirar endavant sense dir res, com feia tothom a l'habitació.

Ningú no mirava els altres, com si tinguessin

por de descobrir amb la seva mirada com desitjaven aquell paper.

Com més temps esperàvem, més em recordava tota aquella situació quan ens esperem al metge. Va ser exactament igual de llarg i igual d'avorrit. En algun moment, fins i tot, els exercicis d'escalfament de la creguda del ballet van esdevenir una distracció benvinguda.

De tant en tant s'obria una porta, que aparentment conduïa a una altra habitació del costat. Un home, amb els cabells completament despentinats i amb unes ulleres que li queien ben avall del nas treia el cap per la sala d'espera, cridava ràpidament uns quants noms i tornava a desaparèixer a l'habitació del costat amb el pròxim candidat. Llavors, era cosa d'un parell de minuts, de vegades molts més, fins que la porta es tornava a obrir i els que havien cridat entraven de nou a la sala d'espera. O bé es dirigien cap a la sortida amb la cara seriosa o bé estaven furiosos i insultaven per haver perdut tant de temps. Alguns nens, fins i tot, ploraven. Entre ells hi havia l'excel·lent ballarina. Encara que a mi no em va saber tant greu.

—Només estan enfadats perquè no han aconseguit el paper —va afirmar el Charly.

Passada una estona, que a mi em va semblar una eternitat, només vam quedar el Max, el talent natural, i nosaltres. L'home, els cabells del qual estaven encara més despentinats i les ulleres del qual se subjectaven per un gra que tenia a la punta del nas, va aparèixer i va cridar la mare ambiciosa. Va entrar-hi, la porta es va tancar i tot seguit vam sentir l'horrible marraneria del Max.

—Eh, tios, eh! Ara li ha tret el biberó —va dir el Fred.

—Potser hi ha anuncis en els quals els nadons hagin de marranejar quan els ho diguin —va afirmar el Ravenet—. Tindria moltíssimes possibilitats.

Encara no havíem acabat de sentir-lo quan, de cop i volta, es va obrir la porta i la mare en va sortir amb la cara vermella i amb algunes paraulotes als llavis. El Max encara marranejava, malgrat el biberó. Uns instants més tard va venir de l'habitació del costat l'home amb el pentinat d'escarola. Va aixecar els braços com si volgués dir-li alguna cosa, però finalment els va abaixar, i es va recolzar a la paret posant els ulls en blanc. Les ulleres les duia a la mà.

Després d'estar així una estona, ens va mirar.

—Veniu tots junts?

Vam assentir. Ens va assenyalar el camí movent el cap perquè el seguíssim. Finalment descobriríem què s'amagava darrere de l'anunci.

L'habitació del costat no tenia res d'especial: una oficina normal i corrent, amb un escriptori i una taula de reunions, a la qual seia un home. L'home de les ulleres va seure al seu costat i va assenyalar les cadires lliures.

—Si us plau, seieu —va dir.

L'home del seu costat ens va fer que sí amb el cap. Era més gran. Tenia els cabells gairebé blancs i tenia un masclet com el dels mariners. Em semblava conegut d'algun lloc. Potser era actor? No aconseguia recordar-me'n. Però no solament jo m'interessava per ell. El Preciós, que durant tot el temps d'espera havia estat assegut tranquil i gairebé temorós a la falda del Fred, de sobte es va revolucionar completament en veure aquell home amb la barba de mariner. Xiulava per la seva boca desdentada i va començar a estossegar com un boig, o a bordar. Això no es pot distingir fàcilment en el Preciós.

El Fred no va poder sostenir el nostre amic de tan fort que movia la cua.

—Però què et passa, Preciós? —va exclamar—. Tan simpàtic trobes aquest senyor?

L'entusiasme del Preciós no va trobar la mateixa resposta.

—Aguanteu el vostre gos pollós! —va exclamar—. No suporto aquestes bèsties.

En aquell moment, va declarar la guerra al Fred.

—Eh, tio, eh! No és cap pollós! Ni cap bèstia tampoc!

—Sí, sí, està bé. Per mi... Però tingueu-lo ben lluny de mi.

—Amb molt de gust —va grunyir el Fred ofès, subjectant amb força el Preciós en braços, cosa que va agrair amb un fluix i llastimós gemec.

L'home de la barba blanca es va escurar el coll.

—Quan tots ens hàgim calmat, podrem començar. Després de les experiències d'aquesta tarda, vull dir-vos tot seguit de què es tracta. Em dic Blumenthal i aquest és el meu soci, el senyor Schulz.

El cap d'escarola ens va saludar amb el cap i es va apujar les ulleres.

—Tenim una agència que organitza activitats dins de l'àmbit de la promoció comercial.

—Aleshores publicitat —va dir el Charly, decebut.

El senyor Blumenthal va moure el cap.

—No. Publicitat, no, sinó promoció comercial. És a dir, nosaltres anem amb les nostres activitats als nostres clients, per exemple als grans magatzems.

—Vol dir la gent que es planta davant dels magatzems i ven productes de neteja, olles o bijuteria?

—No, no. No és això tampoc. Nosaltres ens hem especialitzat en el Nadal —va dir el senyor Schulz somrient al Charly.

De sobte, vaig tenir una idea horrible.

—Vol dir que lloguen els Pares Noel? Aquests tipus amb barba falsa, abrics vermells i una campaneta a la mà?

—Si ho vols així, sí —va dir el senyor Blumenthal—. Tanmateix, sempre fem alguna cosa especial.

—Enguany tornem a oferir a un dels nostres clients una cosa nova —va afegir el senyor Schulz—. Que coneixeu els magatzems Hurtig?

Els coneixíem. Al cap i a la fi, són els magatzems més grans de la nostra ciutat.

—Volem organitzar una tómbola per a Hurtig abans de Nadal. A partir del proper dissabte, tindrem cada dia un Pare Noel en cadascuna de les seccions amb una ruleta de la fortuna. Qui vulgui pot fer-la girar i guanyar petits premis.

Pares Noel! I nosaltres que havíem esperat que tothom ens pogués veure pròximament a la televisió o al cine. Si no necessités els diners amb tanta urgència, hauria marxat de seguida d'allà. A més, encara hi havia una pregunta sense resposta:

—I per a què ens necessiten, vostès?

El senyor Blumenthal va trigar una mica a respondre, com si se n'avergonyís.

—Ha estat idea del director comercial de Hurtig —va dir forçat—. Diu que seria força avorrit si fos el Pare Noel qui lliurés els regals. Els magatzems han insistit que siguin els àngels els qui ho facin, i recitant tot plegat un poema de Nadal. Llavors, busquem dos nois que aportin una mica de talent interpretatiu.

El Fred va fer un salt.

—Àngels? Poema? Se'm posen els pèls de punta!

—A nosaltres tampoc no es agrada gaire, però Hurtig és el nostre millor client —va dir el senyor Schulz—. Així doncs, no ho voleu?

El Fred va voler respondre, però jo el vaig aturar.

—I quant es guanya?

El senyor Schulz es va posar dretes les ulleres.

—L'acció comença el proper dissabte i dura fins a la vigília de Nadal. Això són nou dies feiners i dos dissabtes. Els dies feiners treballem quatre hores i els dissabtes, vuit. En total són cinquanta-dues hores, i paguem cinc euros l'hora. Això fan dos-cents seixanta euros cada àngel, és a dir, cinc-cents vint tots dos.

—Podem sortir un momentet? —vaig preguntar—. N'hem de parlar.

El senyor Schulz va sospirar.

—Està bé. Però no trigueu gaire. No tenim tot el dia.

Em vaig aixecar i vaig sortir de l'habitació. Els altres no van tenir cap altre remei que seguir-me.

El Fred es va assenyalar la templa amb el dit índex així que vam entrar a la sala d'espera.

—Àngels? Eh, tios, eh! Aquest paio està tocat de l'ala. Amb mi no hi compteu!

—Per què no? —va preguntar el Charly—. Tots els grans actors han començat així.

—Fent d'àngel? —va preguntar el Ravenet.

—No! És clar que no necessàriament d'àngel, però sí en petits i insignificants papers.

—Tot i així, penso que és una bajanada! —va exclamar el Fred—. Imagineu-vos que ens veu algú que ens coneix! Quina vergonya! I, a més, aquest home no suporta el Preciós!

—Resulta que ara és pel Preciós —vaig interrompre—. T'has oblidat del tot per què som aquí. Sense el teu Preciós ens podríem haver estalviat tot això. Amb els cinc-cents vint euros podem pagar tranquil·lament la reparació. I encara ens en sobren!

El Fred va sospirar, però no va dir res més.

—I tu què en dius? —vaig preguntar al meu germà.

El Ravenet va arronsar les espatlles.

—Jo m'havia imaginat una cosa diferent, però, per mi, podríem provar-ho.

Vam tornar a l'oficina i vam seure.

—Ja ho heu discutit? —va voler saber el senyor Schulz.

—Sí —vaig respondre—. Volem provar-ho.

El senyor Schulz va somriure al seu soci.

—Què hem de fer exactament? —va preguntar el Charly.

El senyor Schulz va buscar entre els seus papers, va agafar quatre fulls i ens en va donar un a cadascú de nosaltres.

—Això us ho heu d'aprendre de memòria i recitar-ho a cada client que guanyi un regal.

Al paper, hi havia el poema més estúpid que he llegit mai a la meva vida:

El Pare Noel i nosaltres, els Angelets,
volem ser els vostres amiguets.
Els Magatzems Hurtig els regals dóna,
i el Pare Noel la seva benedicció pregona.

—L'he escrit jo mateix —va explicar el senyor Blumenthal, tot orgullós—. Us el podreu aprendre ràpidament?

—És necessari? —va preguntar el Fred.

El senyor Schulz va assentir.

—Cap problema —va afirmar el Charly—. És el que fem cada setmana a l'escola.

El senyor Schulz i el seu soci ens van donar uns minuts. Llavors vam haver de recitar el poema un per un. El Ravenet, el Fred i jo ens en vam sortir. Era com a l'escola. I va arribar el torn del Charly. Probablement voldria mostrar les seves arts interpretatives que havia assajat davant del mirall. El cas és que sacsejava els braços mentre li canviava l'expressió de la cara entre el policia insistent, l'atracador de bancs brutal i el pobre nen orfe.

El senyor Blumenthal i el senyor Schulz seien a la taula de reunions i miraven el Charly bocabadats.

—D'això, que... —va dir finalment el senyor

Blumenthal— que aquesta ha estat una... mmm... una interpretació poc usual.

—Ens donen el paper? —va preguntar el nostre actor professional.

El Schulz va aixecar la mà.

—A poc a poc, amiguet meu. Primer de tot, ho hem de discutir, i en segon lloc, necessitem el permís escrit dels vostres pares abans que us puguem contractar. Al capdavall, sou menors d'edat.

—I després, què passa? —vaig voler saber.

El senyor Schulz em va lliurar un altre full més.

—Escriviu-me un número de telèfon on us pugui localitzar. Us trucarem en els pròxims tres dies.

Ja s'havia fet fosc quan vam sortir al carrer. Així que de seguida vam tornar a casa. Durant una estona, caminàvem plegats en silenci. No sé en què pensava el Charly, però estic ben segura que el Ravenet i el Fred pensaven, exactament igual que jo, en la brillant actuació del Charly.

El Fred va ser el primer a pronunciar-se:

—Eh, tio, eh! És que ho has vist a la *tele* o simplement t'ha agafat un calfred a la cara?

—No en teniu ni idea! —es va enfadar el Charly—. Qualsevol pot afluixar un poema. A més, vull aquesta feina peti qui peti.

—Eh, tio, eh! Jo també vull que l'Estefi torni a tenir el seu ordinador. Però no entenc per què una persona pot tenir tant d'interès a recitar estúpids poemes de Nadal als Magatzems Hurtig!

—Tinc els meus motius —va afirmar el Charly.

3
Angelets amb mitges

Dimarts, 8 de desembre

A l'escola havíem acordat no explicar res dels nostres plans als pares. Tampoc no sabíem si l'agència Jingle Bells ens volia per a la feina. Per això no calia que ens arrisquéssim que els nostres pares ens clavessin la llauna amb les seves preguntes.

Els professors ens havien posat la tira de deures, ens hi vam passar tota la tarda.

Tot just anava a sopar quan va sonar el telèfon. Afortunadament, vaig ser més ràpida que els pares.

Era el senyor Blumenthal.

—Bona nit, senyoreta —va dir una veu—. Hem estat discutint amb el meu soci i tinc el plaer de comunicar-te que ens agradaria contractar-vos.

—De debò? A tots quatre? —vaig exclamar.

En aquell mateix moment em vaig preguntar per

què me n'alegrava tant. La feina no era tampoc tan fantàstica.

—No, no, a tots quatre no —va respondre el senyor Blumenthal—. Només necessitem dos angelets. A tu i al teu amic, aquell que té un gos tan lleig.

—El Fred? I per què precisament nosaltres dos?

—Dels qui van quedar, vosaltres heu estat els millors.

—I quants érem?

El senyor Blumenthal va trigar una estona a respondre.

—Només vosaltres quatre —va dir finalment—. Els altres han dit que no. Però això no vol dir pas res! Vosaltres ho vau fer realment molt bé. I els altres dos també, encara que el ros alt va exagerar una mica.

Només nosaltres quatre! Això sí que era un èxit!

—Quan hem de passar? —vaig preguntar ràpidament.

—Dijous. I porteu el permís dels vostres pares.

Els pares! No hi havia pensat! No tenia ni idea si hi estarien d'acord; tanmateix, vaig dir al cap del Pare Noel que sí. Vaig penjar abans no volgués parlar amb els meus pares.

Quan vaig entrar a la cuina, la resta de la família ja m'estava esperant. Durant el sopar, vaig estar a punt un parell de cops de preguntar als pares si tindrien res en contra que jo recités, disfressada d'angelet, poemes absurds en uns grans magatzems. Abans, però, vaig voler donar la bona notícia al Ravenet. S'hagués sentit ofès, si no.

—Ja rentem els plats el Ravenet i jo —vaig dir a la meva sorpresa mare havent sopat.

Va acceptar la meva proposició amb molt de gust, i va desaparèixer amb el pare a la sala d'estar.

—Que t'has begut l'enteniment o què? —va atacar-me el meu germà—. Rentar voluntàriament? Ostres, tu, que encara he de fer anglès!

—És problema teu! —vaig replicar tranquil·lament—. Jo ja fa estona que estic llesta. A més, he de parlar d'una cosa amb tu.

El Ravenet es va encuriosir.

—Parlar? De què?

—El Blumenthal ha trucat.

La mandíbula inferior del Ravenet va caure.

—Digue'm que ens agafa!

—A nosaltres, no. A mi i al Fred.

Gairebé vaig poder sentir el pes que li havia caigut a sobre al meu germà. Però no havia comptat amb mi.

—Però jo passo. No entenc per què només el Fred i jo hem de fer tots sols la feina. Dijous hem de passar per l'agència. Li penso dir que, o ens agafa a tots, o no tindrà ningú.

—Però si només necessiten dos angelets.

—I què? Bé que ens podem anar alternant.

—Vols dir que hi accediran? De segur que després n'agafen uns altres.

Vaig deixar sortir el meu somriure de setciències.

—És clar que no, germanet! De fet, nosaltres som els únics que vam superar la prova. Als altres els han dit que no.

—I doncs? —va opinar el meu decebut germà— . No tenim cap altre remei.

—Exacte. Ara només cal que preguntem als pares. Hem de dur el seu permís dijous mateix.

—I quan els ho preguntaràs?

—Què vol dir «preguntaràs»? Tots dos, nosaltres els ho preguntarem. Demà, però. Vull estar segura que el Fred i el Charly també hi col·laboraran.

—Que els has trucat, ja? —va voler saber el Ravenet.

—No. Volia parlar-ne abans amb tu.

El Ravenet brillava.

—Estefi, que em podries fer un favor? Quan truquis al Charly, no li expliquis res d'això, que tots quatre volem fer la feina. És que hi estava tan interessat... Ara que s'estigui tota la nit pensant que tu i el Fred sou millors que ell.

De vegades, el meu germà bessó pot arribar a ser més pervers que jo. Jo hi vaig estar d'acord de seguida, naturalment.

Després d'assegurar-nos que els pares miraven la televisió, vam trucar primer de tot al Fred. Estava fora de si, però no d'alegria.

—Eh, tios, eh! —va grunyir—. Quina merda! Per què precisament jo?

Quan li vaig explicar les condicions que pensava posar als dos Pares Noel, es va tranquil·litzar una mica. I quan li vaig confessar el que el Ravenet havia planejat fer al Charly, es va posar content i tot.

El Ravenet i jo vam haver de penjar tres cops quan intentàvem marcar el número del Charly. No podíem evitar de riure. Ho vam aconseguir després que el Ravenet anés a la cuina i jo hagués respirat un parell de vegades amb tranquil·litat.

S'ho va prendre amb més enteresa del que

m'havia pensat. Tot i així, va romandre callat una bona estona.

—D'acord, doncs, enhorabona —va dir finalment—. De segur que ho fareu molt bé, però vés a saber, potser us puc ajudar en alguna cosa.

Gairebé em va saber greu.

—En parlarem demà a l'escola. Fins demà, doncs —vaig dir, i tot seguit vaig penjar.

Dimecres, 9 de desembre

Quan el Ravenet i jo vam arribar al pati de l'escola, el Charly i el Fred no hi eren encara. No vam haver d'esperar-los gaire estona. Van arribar plegats. El Charly semblava més petit que de costum.

—Hola! —va saludar-nos passant pel nostre costat—. Torno de seguida, he d'anar al lavabo.

—Que li has dit res, tu? —vaig preguntar al Fred quan el Charly va desaparèixer rere la porta amb el rètol «NOIS».

—Eh, tia, eh! Per qui em prens? No m'ha estat

gens fàcil. L'ha afectat bastant, em penso que fins i tot li fa mal la panxa per això.

—Aleshores ho hauríem d'aclarir tot —va proposar el Ravenet—. No cal tampoc que el torturem gaire.

Quan el Charly va tornar, tenia la cara blanca com el guix.

—Que no et trobes bé? —va preguntar el Ravenet.

—No. És un problema més aviat fisiològic, però ara això no és tan important. Estefi, em vas dir ahir que volies parlar de la manera com us puc ajudar.

Vaig mirar el Fred i el Ravenet.

—Crec que tinc una idea molt millor.

El Fred i el Ravenet tenien un somriure d'orella a orella.

—He pensat que no és just que el Fred i jo fem la feina tot sols. I per això vull dir als paios de l'agència que ens han d'agafar a tots quatre, i que farem torns.

Al Charly li va canviar el color de la cara en un moment.

—I vols dir que hi accediran? —va preguntar radiant.

Quan li vaig explicar per què pensava que no tindrien cap altre remei, el Charly es va tornar a encongir.

—Només nosaltres quatre? —va murmurar—. I tot i això no m'han agafat?

—No t'hi capfiquis, Charly —va intentar de consolar-lo el Ravenet—. A mi tampoc no m'hi han volgut. I a més a més, el Blumenthal va dir a l'Estefi que no ho vam fer pas tan malament.

Això va calmar el Charly.

—Ara només estic intrigada pels vestits —vaig dir.

—Eh, tia, eh! Vestits? —va exclamar el Fred—. Que ens fiquen en un vestit, també?

Sovint penso que els nois, al cap, no hi tenen un cervell sinó un panet mullat.

—És clar que ens donen un vestit! Al capdavall, ens han contractat per fer d'angelets!

—I la feina de segur que no la podrem fer amb texans i un jersei.

—I com és un vestit d'aquests? —va preguntar el Ravenet amb por.

No m'ho podia creure!

—Què creus, germanet? Jaqueta de cuir i barret de vaquer?

—Vols dir que ens ficaran en una camisa de dormir amb ales i corona?

—Eh, tios, eh! —va exclamar el Fred—. Amb mi no hi compteu!

—Això t'ho havies d'haver pensat abans —va dir el nostre cap, sense compassió—. Qui vol guanyar calés s'ha de sacrificar. Això és el que diu sempre el pare.

—Però ell no va amb camisa de dormir a treballar!

—Per què no ens esperem a veure què passa primer? —va afirmar el Ravenet—. És possible que els pares no ens donin permís.

De la manera com ho va dir, estava segura que desitjava que ens ho prohibissin.

Per això va buscar el moment més inoportú per preguntar-ho als pares. El pare tot just acabava d'arribar de treballar. Encara tenia el maletí a la mà, era a la cuina dient fàstics d'algun col·lega o dels seus alumnes. En comptes de deixar-lo acabar que insultés, la qual cosa és la millor recepta que hi ha, el Ravenet el va interrompre enmig del seu discurs.

—Et volem preguntar una cosa, pare.

El pare es va girar cap a nosaltres.

—Et volíem preguntar si tens res en contra que els nens treballin.

—Què dius?

Ja en vaig tenir prou.

—Es tracta simplement que volem guanyar diners pel nostre compte per poder reparar l'ordinador.

—No i no! —va exclamar el pare immediatament—. Vull saber-ho tot ara mateix.

Li vaig explicar breument de què es tractava. Quan vaig acabar, vaig veure com la mare s'esforçava per aguantar-se el riure. El pare no n'estava gens convençut.

—No sé, jo... —va dir movent el cap.

—I per què no, pare? Al capdavall, només volem arreglar el que nosaltres mateixos vam fer.

Aquest truc sempre funciona. La resistència del pare es va fondre com el gel al sol.

I la mare va fer la resta.

—Jo penso que no és mala idea —va dir amb un somriure que no li acabava de sortir—. Al cap i a la fi, només serà a les tardes un parell de setmanes.

—I farem torns!

El pare va assentir.

—Potser tens raó. No és tan descabellat. Fins i tot serà positiu aprendre a guanyar-se els diners. Però l'escola no l'heu d'oblidar.

L'hi vaig prometre i vaig treure el Ravenet de la cuina abans no s'ho repensessin.

—Si em vols enganyar, hauràs de matinar més, germanet.

El Ravenet em va mirar malhumorat, va pujar l'escala i va tancar de cop la porta de l'habitació.

Com que no sabia quan el Fred i el Charly ho preguntarien als seus pares, vaig esperar fins poc abans de sopar per trucar. D'aquesta manera vaig poder comprovar com s'assemblen els pares. Tant el Fred com el Charly tenien permís després d'assegurar-los que l'escola no se'n ressentiria.

El Ravenet i jo havíem fet les paus. És com el pare. Després d'emmurriar-se una estona, es tranquil·litza tot sol de nou. Potser esperava també que el Pare Noel en cap no estigués d'acord que féssim torns.

Dijous, 10 de desembre

En sortir de l'escola vam anar directes cap a l'agència Jingle Bells. No ens vam emportar el Preciós.

De segur que hagués muntat un ciri en veure el Blumenthal. Encara no havíem descobert per què li agradava tant aquell home grassonet amb el masclet.

El Charly ens va preguntar aquell matí com a mínim deu vegades si dúiem també el que ell anomenava «una declaració escrita de consentiment patern». I tot seguit, davant de l'entrada de l'agència i molt nerviós, va buscar ell també la seva a la seva cartera.

La recepcionista va saber immediatament qui érem. Ens va conduir fins a l'oficina que ja coneixíem. El senyor Blumenthal ens va rebre amb un llarg abric vermell posat. Sobre una cadira hi havia una gorra de Pare Noel i una barba blanca postissa.

—Malauradament, no tinc gaire temps avui per vosaltres —va començar dient quan ens vam asseure a la taula de reunions—. Avui tinc torn.

—Que no té més gent per a això? —va preguntar el Charly.

—I tant que en tinc —va dir el senyor Blumenthal—. Però no la necessària. Avui dia no és gens fàcil trobar algú que estigui disposat a fer de Pare Noel.

Me'n feia càrrec. Tanmateix, em va sorprendre

força que el senyor Blumenthal es ruboritzés tant en dir allò.

—Vol veure la declaració escrita de consentiment patern? —va preguntar el Charly.

—Com dius? Ah, sí! És clar. Però només la dels que hem triat. De fet, per què heu vingut tots quatre?

—Els nostres pares només hi estan d'acord si fem torns —vaig respondre abans no em desbaratés els meus plans perfectes cap noi.

El senyor Blumenthal em va mirar una llarga estona una mica desconcertat.

—Entesos —va dir—. Per mi... L'important és que cada dia estigueu dos de vosaltres treballant. Tant és qui sigui...

Em vaig decebre una mica. M'havia rumiat molt bé què anava a dir en cas que s'hi oposés. I ell, però, hi va estar d'acord.

—No obstant això, hi ha un petit problema —va dir tot seguit—. Els vestits.

Vaig sentir com el Fred va començar a sospirar en veu baixa.

—Què els passa? Que no ens en donaran cap?

—Sí, i tant que sí! Us els donaran als magatzems. Però només dos, cap més! I encara no estan enllestits del tot. Els Hurtig sempre es fan esperar. Primer de tot volen els angelets a correcuita, i després no aconsegueixen tenir els vestits a punt.

—Llavors ens els anem canviant —va dir el Charly tranquil·lament.

El senyor Blumenthal va assentir.

—Entesos. Aleshores tot clar. Avui, però, no us els podreu emprovar. Haureu de tornar a passar demà. Millor a aquesta mateixa hora.

—Doncs sí que ha estat ràpid posar-se d'acord en tot —va afirmar decebut el Ravenet quan tornàvem a ser al carrer.

—Ara només ens cal aclarir qui farà d'angelet —vaig dir.

—Nosaltres dos podem fer la feina plegats, Estefi —va dir el Charly sense mirar-me.

M'ho podia haver imaginat! Estava buscant una excusa quan el meu germà es va avançar.

—Molt bona idea, Charly! —va exclamar—. Hi

aniré amb molt de gust amb el Fred. Què me'n dius, Fred?

Hi va estar d'acord sense vacil·lar. Aquest parell de traïdors saben que el Charly em posa els nervis de punta amb les seves estupideses.

Divendres, 11 de desembre

Malgrat les nostres protestes, el Fred va insistir a dur el Preciós a la prova dels vestits.

—No veig per què l'hem de deixar de banda només per aquesta feina —va grunyir.

De manera que vam arribar a l'agència mitja hora més tard que el dia anterior. Tanmateix, vam haver d'esperar el nostre cap.

—Encara està treballant —ens va explicar la recepcionista.

Quan finalment va arribar, vam tenir l'ocasió d'admirar-lo per primera vegada amb tota la seva disfressa. Com que el barret era tan alt i duia la barba blanca postissa, només el vam poder reconèixer pel nas. Malgrat els nostres temors, el Preciós va mantenir la calma. No obstant això, no per gaire temps. El senyor Blumenthal es va asseure i es va treure el barret. Després va començar a gratar-se la barba. En el moment en què es va descobrir la cara del senyor Blumenthal, el Preciós va començar a ploriquejar i a esgarrinxar la falda del Fred amb les seves potes.

—I ara què té, el gos? —va exclamar el senyor Blumenthal—. Ja que l'heu portat, almenys el podríeu mantenir tranquil.

El Fred va parlar amb el Preciós a cau d'orella. Va xiular un parell de cops més a través del forat de la dentadura. Després es va tranquil·litzar.

—Potser ja podem començar ara —va dir el senyor Blumenthal—. Senyora Liebknecht, que podria portar-nos els vestits, si us plau? —va demanar a través del telèfon que tenia damunt la seva taula.

En aquell mateix instant, va entrar l'amable recepcionista, com si s'hagués esperat darrere la porta. Duia penjats de dos penjadors el que ens havíem temut: camises de dormir blanques amb dues ales daurades cosides a l'esquena. No vaig veure-hi cap corona, però sí dues diademes amb un filferro, a l'extrem del qual hi havia una anella daurada.

El Fred de poc que cau de la cadira.

—Eh, tios, eh! Anelles de sant!

—Que ens les hem de posar? —va exclamar el Ravenet.

El nostre cap va assentir.

—Això és el que heu de dur. Al costat de l'entrada hi ha dos lavabos. Allà us podeu canviar. M'és igual qui comenci, però afanyeu-vos. No tinc tot el dia.

Em vaig aixecar en silenci i vaig agafar a la senyora Liebknecht un penjador i una anella de sant.

—I què passa amb vosaltres, nois? —vaig preguntar als nois, ja que no es movien.

—Està bé, com més aviat millor —va afirmar el Fred deixant el Preciós a la falda del Ravenet.

Al lavabo només hi havia un mirall petit. Així que no em vaig poder admirar en tota la meva esplendor.

Malgrat tot, el que vaig veure va ser suficient. Feia una fila completament ridícula!

Quan vaig tornar a l'oficina, el Charly i el Ravenet van reaccionar de la mateixa manera. Reien i feien broma, com si no sabessin que després els tocava a ells. Fins i tot el Preciós va emetre uns sorolls que semblava com si es rigués de mi.

Estava a punt de esbroncar-los, quan de sobte va obrir-se la porta i va aparèixer el Fred. Encara que jo tenia el mateix aspecte ridícul que ell, vaig haver de riure. La cara d'angoixa del Fred, la camisa de dormir que se li ficava entre les cames, les ales que semblava que s'haguessin mullat i, per adobar-ho més encara, l'anella de sant, que amb cada moviment es balandrejava com la cua d'un ànec.

El senyor Blumenthal va aixecar el cap i ens va mirar una estona.

—No està gens malament —va afirmar tot seguit—. Gens malament. Els vestits us escauen bé, no troba, senyora Liebknecht?

Va assentir mentre intentava amagar-se el riure amb la mà.

Ara era el torn del Charly i del Ravenet. Després que el Fred i jo ens vam canviar, van dirigir-se amb les espatlles caigudes cap al lavabo.

Després d'una eternitat i mitja, el senyor Blumenthal va mirar el seu rellotge i la porta es va obrir de nou. Els àngels auxiliars Charly i Ravenet van entrar a l'habitació alhora. Probablement ja feia una estona que eren darrere la porta sense atrevir-se a entrar. Ho pressentia. El Fred i jo fèiem una fila ridícula,

però és que el Charly i el Ravenet ens guanyaven de llarg. No vaig poder reconèixer si el senyor Blumenthal també reia. No obstant això, es va encongir un parell de cops de forma molt sospitosa.

El més graciós era la diferència d'alçada. Mentre que el Ravenet havia d'anar amb compte de no trepitjar-se la camisa, al Charly li quedava tot just pels genolls. Els texans i les botes que duia a sota lligaven amb un àngel com els ous de Pasqua amb un arbre de Nadal.

—Això no pot ser —va dir el senyor Blumenthal—. La camisa li queda massa curta. Serà millor que et posis unes mitges blanques a sota.

Per al Charly allò va ser un gra massa.

—Mitges? —va grunyir.

—O qualsevol altra cosa de color blanc —va dir el nostre Pare Noel en cap en veure la cara trista del Charly.

—Tinc uns texans blancs —va proposar el Charly.

—Està bé, doncs, posa-te'ls.

El Charly va respirar alleujat.

—No feu pas mala fila. El nostre client se n'alegrarà.

—Així em quedo més tranquil —vaig sentir murmurar el Ravenet al meu costat.

El senyor Blumenthal es va aixecar.

—Llavors, ens trobem demà al matí a les vuit. Qui farà el primer torn?

Ens vam mirar indecisos.

—És que encara no ho hem parlat —vaig respondre.

—No passa res. Veniu tots quatre, així no ho hauré de repetir tot dos cops.

Ja m'havia girat per sortir de l'oficina quan el senyor Blumenthal ens va cridar de nou.

—Us he de dir encara una cosa: que no se us acudi de fer cap bestiesa.

—Bestiesa? —va preguntar el Ravenet—. A què es refereix?

—Com que a què em refereixo? Doncs que heu de fer la vostra feina, res més. No aneu amunt i avall pels magatzems, no trenqueu res i que no senti cap queixa!

—Eh, tios, eh! Anar amunt i avall? Que està guillat o què?

—Potser és que sap llegir el pensament de les persones —va afirmar el Charly, i va desaparèixer cap al lavabo per canviar-se de roba.

4
Una feina dura

Dissabte, 12 de desembre

L'escola comença a les vuit del matí, i per tant ja hauria d'estar acostumada a aixecar-me d'hora. Però quan saps que els altres poden continuar dormint, és una altra història. Així que no estava precisament de bon humor quan vam anar a treballar amb el Ravenet el primer dia de feina. No sé quantes vegades vaig malparlar del despertador, de l'esmorzar, de l'estúpida feina d'angelet, del nostre cap rabassut i fins i tot de la debilitat de la bufeta del Preciós.

El senyor Blumenthal ens va rebre a la porta d'entrada del personal dels magatzems amb la vestimenta completa de Pare Noel. Al seu costat hi havia no tan sols el Charly i el Fred, sinó també mitja dotzena de Pares Noel.

—Aquests són els meus treballadors —ens va

presentar el senyor Blumenthal els seus col·legues—. La majoria treballen a fora o a l'entrada de Hurtig. Només el Pit treballarà amb vosaltres.

Tot seguit va assenyalar un Pare Noel molt alt i molt esquifit, amb el seu abric vermell que li queia pertot arreu.

—El Pit encara estudia i deu fer un parell d'anyets que treballa per a la nostra agència. Ell em rellevarà.

Em vaig mirar els Pares Noel. No és que em despertessin gaire confiança. Sota aquelles barbes s'amagaven fins i tot alguns tipus sinistres. Però de ben segur que ningú no faria de Pare Noel per al senyor Blumenthal si pogués treballar en un altre lloc. Tampoc el Pit no semblava alegrar-se gaire de la seva feina.

—Bon dia —va dir el Ravenet donant la mà al Pit.

Aquest, però, només es va dedicar a saludar-nos un a un sense gaire entusiasme rere la seva barba blanca.

—Hola —va dir finalment, i va mirar el senyor Blumenthal tot arrufant les celles—. He de treballar amb ells?

—Sí —va sospirar el senyor Blumenthal—. Ja n'hem parlat molts cops. El client ho vol així, i prou. A més, són bons nanos. No ens portaran problemes.

—Mira que és idiota! —va grunyir el Fred en veu baixa quan entràvem als magatzems rere els nostres Pares Noel—. Jo tinc tan poques ganes de treballar amb ell com ell amb nosaltres.

Quan els altres Pares Noel es van repartir pel carrer de vianants i la planta baixa dels magatzems, el senyor Blumenthal i el seu ajudant ens van mostrar on havíem de treballar. Aquell primer dia ens va tocar a la secció de sabateria. Ens va tornar a insistir que havíem de ser amables amb els clients, recitar el nostre poema en veu alta i clara i treballar, res més.

Després ens va presentar el cap de vendes.

—El senyor Grossmann vol conèixer personalment tothom qui treballa en els magatzems per saber amb qui ha de tractar.

El senyor Grossmann era un home amable, més gran, que ens va aclarir què podíem i què no podíem fer als magatzems. Ens va explicar que podíem anar al lavabo si no hi havia cap altre remei. La resta estava prohibit. Em vaig preguntar per qui ens prenien.

—M'heu entès? —va preguntar el senyor Grossmann.

Vam assentir. Vaig sentir com si ja tingués una dura jornada laboral rere meu.

—Un moment, senyor Blumenthal —va dir el senyor Grossmann de sobte, quan sortíem de nou—.

Els seus vestits m'agraden força, però no troba que el seu col·lega és massa prim per ser un Pare Noel?

—Ja està bé així, senyor Grossmann —va riure el Pare Noel en cap—. Després ens fiquem un coixí a la panxa, sota l'abric, i assumpte resolt.

El senyor Grossmann es va conformar.

—Està bé, doncs.

—Eh, tia, eh! —em va murmurar el Fred quan anàvem cap als vestidors—. També es fica un coixí, ell? Però si no li cal!

Vaig arronsar les espatlles.

—Potser forma part de la disfressa de Pare Noel.

El vestidor era una sala immensa. A les parets hi havia armariets metàl·lics tancats amb cadenats, que creuaven tota la sala.

—Aquests són els vostres armariets —va dir el senyor Blumenthal assenyalant un racó amb quatre armariets abonyegats, i ens va donar una petita clau—. Per a les vostres coses personals. Tanqueu-ho tot bé. No se sap mai qui té els dits massa llargs. I vigileu amb les claus, pertanyen als magatzems.

El Charly em va clavar el colze a les costelles.

—Que ho has sentit? Ho has sentit bé?

—Sí, dormiré amb elles! Però el braç te'l quedes tu! A més, només era un acudit.

—Ja hem parlat massa —ens va interrompre el senyor Blumenthal—. Aquí no estem de tertúlia. Els dos que comencin avui que es canviïn de roba. Els altres dos ja poden tornar a casa seva.

Abans no marxessin el Ravenet i el Fred, els vaig tornar a insistir que ens havien de substituir puntualment. M'ho van prometre i van marxar per donar el menjar al Preciós.

No vam tenir cap problema el Charly i jo a canviar-nos a la mateixa habitació, ja que només ens havíem de posar la camisa de nit al damunt i l'anella de sant al cap. També el senyor Blumenthal es va omplir la panxa amb un coixí blanc ben gran allà mateix. Quan va acabar, semblava un ravenet enorme, en el sentit literal de la paraula.

He de reconèixer que, de l'emoció, notava com el cor em bategava fins al coll, quan seguíem el nostre cap fins a la secció de sabateria. No havia estat mai abans en uns magatzems sense clients. Era molt estrany. Només de tant en tant veia un parell de venedors i venedores allà drets xerrant.

Quan vam arribar al nostre lloc de treball, el senyor Blumenthal va inspeccionar de nou la roda de la fortuna i es va assegurar que hi havia prou regals per donar als clients, als quals havíem de recitar el petit poema. Hi havia uns paquets petits amb xocolata, guarnits amb campanetes i llacets, on es podia llegir la frase:

Hurtig, i viuràs més feliç!

I va arribar l'hora: les portes es van obrir i els clients van entrar en estampida. Bé, al principi van començar entrant amb comptagotes, almenys a la secció de sabateria. La majoria ni ens miraven, només uns quants es quedaven allà davant i ens miraven encuriosits. No obstant això, abans que els nostre cap pogués parlar, ja havien marxat.

A poc a poc vam començar a tenir feina. Passava que quan algú volia jugar, aleshores s'acostava més gent, tant que al final no sabíem a qui havíem de despatxar primer. Tot i això, ens en vam sortir millor del que em pensava. Per sort no es van confirmar els meus temors, que algú es rigués de nosaltres en sentir el nostre estúpid poema o en veure'ns amb les nostres tristes disfresses. Probablement era perquè aviat arribaria Nadal. Tanmateix, sempre que s'acostava un client a la nostra roda de la fortuna, tenia por que fos algú conegut. En aquest sentit, però, vam tenir sort. Ni els nostres pares no es van deixar veure. És clar que ja els ho havíem demanat prou vegades.

Només el Charly em feia nosa, em deixava allà fent tota la feina mentre ell s'estava allà dret movent el cap i mirant. Fins que en vaig tenir prou.

—Que no penses fer res de res tu, avui, o què? —vaig escridassar-lo—. I què mires tant? Que busques algú?

El Charly es va posar els dits als llavis.

—No cridis tant, Estefi! Només estic mirant.

—I el què, si es pot saber?

—Pssst, Estefi! No cridis! T'ho explicaré després.

—Per mi... Però ja pots començar a treballar!

El Charly va obeir sense dir ni piu. Tot i així, em vaig trobar jo mateixa mirant a tot arreu, com si busqués alguna cosa, encara que no sabia el què.

Així va passar el temps. En una ocasió va aparèixer per allà un dels altres Pares Noel que treia foc pels queixals perquè havia de treballar al carrer de vianants, malgrat que allà no hi havia res a fer. El senyor Blumenthal el va fer callar de seguida amb paraules molt desagradables.

Quan el nostre cap va anunciar generosament que fèiem una pausa, vaig quedar bocabadada perquè ja eren les onze! El Charly i jo vam anar al vestidor per menjar-nos els entrepans que ens havien preparat els pares.

—I doncs, qui estaves buscant abans? —vaig preguntar en veure que el Charly no tenia cap intenció d'explicar-m'ho.

—Ningú en especial —va respondre el Charly amb la boca plena—. Però quan el Blumenthal ha dit abans allò dels dits llargs, doncs he tingut una idea.

—I quina? —vaig preguntar, tot i que m'ho veia venir.

—Ostres, Estefi! Més clar, l'aigua! Lladres de botiga! Aquests darrers dies he estat pensant com podíem unir aquesta feina amb Charly & Company. Només volia fer un cop d'ull. Abans, però, ho he vist tot clar! Per Nadal tot acostuma a estar més ple que mai i als prestatges hi ha els millors productes. Aquesta és la millor època per als lladres de botigues. Fa poc ho vaig veure a la *tele.*

—Lladres de botigues a la secció de sabateria? Que potser t'has imaginat que algú entra emmascarat per robar unes plantofes?

El Charly va continuar, amb menyspreu:

—Ja m'imaginava que no em prendries seriosament.

Durant la resta de temps de pausa, el detectiu model va estar emmurriat. I almenys vaig poder menjar tranquil·la.

Així com abans de la pausa tot va anar com una seda, després va anar fatal. Tot just acabàvem d'arribar al nostre lloc quan van començar a arribar, com si s'haguessin posat d'acord abans, nois de l'escola. La seva reacció va ser gairebé igual en tots els casos.

Després de les primeres mirades de sorpresa van posar-se a riure com bojos. Si el Pare Noel no hagués anat darrere seu constantment, s'haurien quedat allà fins a l'hora de tancar. No obstant això, ningú no ens salvava del que ens esperava dilluns a l'escola. Però el pitjor encara no havia passat.

De cop i volta, el Charly va cridar:

—Oh, no! Això no!

No va caldre preguntar què volia dir. Jo també l'havia vist. La germana gran del Charly venia cap a nosaltres. Va a la mateixa escola que nosaltres, uns quants cursos per damunt. Ja té setze o disset anys.

I no venia tota sola; al seu costat caminava una bandada de gent de la seva mateixa edat, la gran majoria dels quals els coneixia de l'escola. No suporto aquests creguts idiotes dels cursos superiors. Es pensen sempre que poden fer amb nosaltres el que volen, només perquè són més grans que nosaltres. I ara tornava a passar. Ja de lluny ens van assenyalar amb els dits i cridaven de tal manera que la gent se'ls quedava mirant estranyats o enfadats. Pregava al cel perquè vingués algú i se'ls endugués. Ningú no em va escoltar. Es van parar en fila davant de la nostra roda de la fortuna. La germana del Charly duia la veu cantant:

—Hola, germanet! Que estàs bufó! Amb aquest vestit segurament a l'escola bressol guanyaràs el primer premi!

Es va girar cap als altres.

—Com veieu, el meu germanet és un angelet. Així que he guanyat l'aposta. Ja tinc assegurades hamburgueses i Coca-Coles per a la setmana vinent!

El Charly va agafar aire. La seva cara, vermella com un tomàquet, ressaltava amb la seva camisa blanca de dormir.

—Nicole! —va cridar.

No va poder dir res més.

—Vull fer girar la roda ara! —va exclamar un dels idiotes que havia portat la Nicole.

El Charly i jo vam mirar el senyor Blumenthal amb un gest suplicant. Aquest, però, només va arronsar les espatlles, com volent dir: «Aquí es tracta tots els clients igual».

I va passar el que havia de passar: tres d'ells van guanyar un premi. El Charly volia lliurar els paquets de xocolata sense dir res. No havia tingut en compte el nostre cap.

—Que no t'oblides res? —va sonar a les nostres orelles.

Em penso que ningú no es pot arribar a imaginar les riallades i els crits que sortien de la secció de sabateria dels magatzems Hurtig quan vam recitar els versos que el mateix senyor Blumenthal havia escrit.

Quan la Nicole i els seus mig-micos cridaners finalment van anar-se'n d'allà, havia acabat amb els nervis destrossats. No vaig voler saber com li anava al Charly. Si s'hagués fet realitat tot el que ell en aquell moment va desitjar a la seva germana, probablement la Nicole no tornaria a ser feliç mai més de la vida.

Quan vaig veure arribar el Ravenet i el Fred per rellevar-nos puntualment, vaig agrair en secret els meus pares per haver-me donat un germà bessó i no una germana gran.

Diumenge, 13 de desembre

Encara que sovint ens barallem, els membres de Charly & Company acostumem a estar d'acord a no trobar-nos, si podem, a casa del Charly. No és perquè no ens agradi casa seva, ja que els seus pares tenen una casa enorme. El seu pare és un peix gros d'una empresa i per això no para gaire per casa, i la seva mare també surt molt. Per aquest motiu, hi podem fer el que volem. El problema són els germans del Charly.

La Nicole creu que la seva mare té el Charly massa malacostumat i que per compensar-ho l'ha de destruir. I quan nosaltres som allà, tampoc és que sigui gaire millor.

Els germans grans del Charly estudien a la universitat. Quan s'adonen que som allà, ens esbronquen perquè els molestem, la qual cosa fem sempre que som a la mateixa habitació.

I quan els germans del Charly ens fan el favor de desaparèixer, llavors tenim la mare del Charly al coll. Sempre aboca el cap per la porta per veure si al seu «amor» li falta res. No sé quants cops li ha suplicat, el Charly, que no li digui «amor». Fins ara no ha servit de res.

L'únic de la família del Charly que podem suportar sense que ens surti una granellada és el seu pare. Sempre que ens creuem amb ell, ens saluda amablement. De vegades em pregunto si sap qui som.

No cal que expliqui per què ens trobem a casa del Charly només quan estem segurs que no hi ha ningú a casa seva. Aquell diumenge era un d'aquells dies. De fet, ens havíem de trobar a casa del Fred, però quan el Charly va trucar i vaig sentir el seu alegre anunci: «Ha marxat tothom!», era clar que havíem d'aprofitar aquella ocasió d'or, ja que quedar a casa del Charly vol dir Coca-Cola, patates fregides i xocolata.

El Ravenet i jo vam quedar amb el Fred i el Preciós. Amb bon humor, van emprendre el camí. Quan vam explicar al Fred l'aparició de la Nicole als Hurtig, del riure de poc es pixa a sobre. Més ens vam espantar nosaltres quan ens va obrir la porta la germana del Charly:

—Ves, quin honor! L'exèrcit celestial honra la nostra humil casa. Ves per on!

—Eh, tia, eh! Em pensava que no hi eres! —va exclamar el Fred.

La Nicole va fer una ganyota amb la cara que suposadament havia de ser un somriure.

—Ai, mala sort. Avui no compteu amb la casa buida. I perquè ho sapigueu ja ara: si embruteu alguna cosa o sento el més mínim piu, rebreu!

Com gossos apallissats, vam anar cap a l'habitació del Charly. Estava assegut damunt del llit i treia foc pels queixals de la ràbia que tenia. De tota manera, no em vaig poder reprimir jo tampoc quan pensava que bé que podríem estar també a casa del Fred, sense Coca-Cola i patates.

—Ha marxat tothom! Sí, sí! Tu somnies o què?

—Ho ha fet expressament —va exclamar el Charly—. Només per fer-me empipar, la...

—Tant és! —va interrompre'l el Ravenet—. Ara ja som aquí. Potser ens deixa en pau si no fem soroll.

—Això no t'ho creus ni tu! —va grunyir el Charly—. Si sabéssiu el que he hagut de suportar avui...

Vaig pensar en com ens havia ridiculitzat el dia anterior als Hurtig.

—Odio aquesta feina! —va cridar el Charly de sobte, tan furiós com poques vegades abans l'havia vist.

—Vols deixar-ho? —va preguntar el Ravenet.

—Ni parlar-ne! —vaig dir ficant-me pel mig—. Llençar la tovallola no serveix de res. El meu ordinador ha d'estar reparat després de Nadal.

Com era d'esperar, el soroll que havíem fet va cridar l'atenció de la Nicole:

—Que no us he dit que havíeu d'estar calladets? —vam sentir-la cridar des de fora.

Sense pensar-s'ho, el Charly va agafar la primera cosa que va trobar. Era el seu estoig. Amb tota la seva força, el va llençar contra la porta a només un parell de centímetres del cap del Fred.

—Eh, tio, eh! Podies haver tocat el Preciós.

El Charly es va deixar caure sobre el seu llit com un sac de patates.

—Per què no puc ser fill únic? —va ploriquejar.

El Fred va sospirar.

—No és tan divertit. De vegades m'agradaria tenir germans. Però precisament els teus no, gràcies.

—Crec que hauríem de deixar-ho córrer —va intentar-ho de nou el Ravenet—. Almenys tu i l'Estefi teniu encara el gras del Blumenthal. Però el Fred i jo hem de suportar aquest Pit, i és molt pitjor. Fa sempre una cara com si esmorzés cada matí mig quilo de pebrots en vinagre. I molts cops ens deixa allà tot sols fent tota la feina. Ahir a la tarda se'n va anar cinc cops i es va estar fora vint minuts.

De cop i volta el Charly es va transformar completament.

—I on va anar? No el vau seguir?

—Eh, tio, eh! Amb camisa de dormir i anelles de sant? A més, no sé per a què ens havia de servir, tot allò.

—És que no us sembla estrany?

—Què és el que té d'estrany? —va preguntar el Ravenet.

—El Charly torna a caçar delinqüents —vaig aclarir al meu germà.

—Eh, tio, eh! No hi tornis! Guanyem els diners per a l'ordinador de l'Estefi. Després ja tindrem temps de buscar un cas. I pel que fa al Pit, de segur que només va anar al lavabo.

—Cinc cops? Vint minuts? Això no t'ho creus ni tu.

—Em comences a avorrir, Charly —va dir el Ravenet—. Amb tu, un no pot anar ni al lavabo sense que et puguis imaginar que al darrere de tot allò s'amaga un atracament. Accepta d'una vegada que nosaltres mai no resoldrem cap cas.

—Si penses així, llavors no cal que continuïs aquí.

—Eh, tios, eh! Ara no cal que us enfadeu! És divertit, i això és el que compta.

El Charly va fer un bot.

—Divertit? Us creieu que això és divertit? I per això m'esforço jo tant? Algun dia us ho ensenyaré, i tant que ho faré! I aleshores ja no vindrà ningú a riure's de mi!

El Ravenet, el Fred i jo ens vam mirar. Sense dir res, vam saber que era millor que ens n'anéssim. Amb el Charly ja no s'hi podia parlar més.

Dilluns, 14 de desembre

Després d'haver suportat amb calma, al primer pati, les rialles dels nostres estimats companys, vam poder xerrar amb relativa tranquil·litat al segon pati. El Charly tornava a ser el de sempre. Però després de tot el que el pobre havia hagut de suportar, vaig decidir proposar una cosa:

—Què me'n dieu, si el Fred i el Ravenet van avui als Hurtig?

El meu germà va reaccionar com era d'esperar.

—I per què nosaltres? Us toca a vosaltres! No tinc ganes de tornar-me a empipar amb l'idiota del Pit! Avui li toca treballar.

—Eh, tio, eh! No et posis així, Ravenet. Jo no el trobo tan dolent. El Blumenthal m'agrada molt menys. Té alguna cosa contra els gossos! Jo no tindria cap inconvenient a canviar-me amb el Charly i l'Estefi.

—Jo tampoc —va dir el Charly mirant-me agraït.

La mirada que em va llançar el Ravenet era menys agraïda.

A la tarda em vaig penedir de la meva proposta. Sense l'ordinador se'm queia el sostre al damunt de l'avorriment. Em vaig ficar al llit més aviat i vaig llegir un llibre que voltava pel prestatge com a mínim des de feia mig any. Després d'haver-ne llegit un parell de pàgines m'hi vaig quedar adormida a sobre. Quan van picar a la meva porta, em vaig despertar. Era el Ravenet.

—Què vols tu ara aquí, tan tard?

—Què vol dir tard? Vinc de treballar.

—I per dir-me això m'has despertat?

—No! És clar que no! Tinc una primícia! Avui ha vingut el detectiu dels magatzems.

Em vaig despertar completament.

—El detectiu dels magatzems? I què volia?

El meu germà em va mirar amb la cara radiant.

—T'ha sorprès, oi? És una història molt estranya. Després que el Pit tornés a desaparèixer al lavabo, o on fos, el va venir a veure un paio força antipàtic. Un llargarut amb bigoti i cabells greixosos.

El Ravenet va tenir un calfred.

—Ha esbroncat el Pit, que hi havia hagut queixes a la secció de joieria i que era l'últim avís. I després ha marxat. El Pit ha fet com si no hagués passat res. Més tard hem preguntat a una venedora qui era aquell home. I saps què ens ha dit? «Era el rastrejador, el detectiu Kurt Stehle».

—M'agradaria saber què ha fet el Pit —vaig dir.

—Creus que potser és un lladre?

—Fuig, home, fuig! Potser ha estat distraient alguna venedora de la secció de joieria i no l'ha deixat treballar. Si hagués robat alguna cosa, llavors de segur que no l'hauria avisat el detectiu.

El Ravenet va moure el cap d'un costat a l'altre.

—No ho sé. Li expliquem al Charly tot això?

—Penso que sí. Si no ho fem i després se n'assabenta, pots estar ben segur que ens farà la vida impossible una setmana sencera.

El Ravenet va assentir.

Dimarts, 15 de desembre

Quan l'endemà vam explicar al Charly tot el que havia passat als Hurtig, se'n va alegrar com un nen petit per Nadal, quan veu que els Reis li han deixat sota l'arbre de Nadal el tren de joguina que tant desitjava.

—Un detectiu de magatzems de debò! Quina passada! Avui mateix m'hi posaré en contacte.

—Eh, tio, eh! I què hi has de fer, tu amb ell?

—Que potser no ho saps? Ostres! Doncs perquè és un professional! De segur que en podrem aprendre molt.

—I què és el que en vols aprendre? —va voler saber el Ravenet.

—Encara no ho sé ben bé. Ja veurem. Primer de tot, vull preguntar-li què passa amb el Pit.

Fins ara només havia rigut de com el Charly es prenia seriosament els nostres intents de caçar delinqüents. Però quan aquella tarda vaig anar als magatzems, per primer cop vaig tenir la sensació que realment ens podria ficar en greus problemes amb la seva tenacitat.

Quan va ser al vestidor, em va rebre amb la seva nova gran idea:

—He pensat a preguntar directament al Blumenthal si sap què és el que ha fet aquest Pit.

—Però, que t'has begut l'enteniment? —vaig exclamar.

—Per què et poses així tu, ara? És que no es pot preguntar, o què?

—No t'has parat a pensar que pots perjudicar el Pit? Al capdavall, el Blumenthal és el seu cap. No és que jo tampoc el pugui suportar gaire, però és el nostre company de feina. No el podem delatar al seu cap.

—És veritat. No hi havia pensat. De fet, no era tan bona idea —va dir el Charly per a sorpresa meva—. Però encara tenim el detectiu! Així que primer parlaré amb ell.

Vaig adonar-me del que volia quan érem a la nostra paradeta a la secció d'electrodomèstics. Em va deixar tota la feina a mi, mentre ell girava el coll buscant un home que es correspongués amb la descripció del Ravenet, com deia ell. Per sort, no va caldre que jo li recordés que era allà per treballar. Ho va fer el nostre cap per mi. I no d'una manera gaire amable. Sense piular, el Charly va tornar en silenci a la roda i va repartir com un bon noi els paquets de xocolata. Durant l'hora següent, no va buscar ni una sola vegada el detectiu.

No obstant això, el detectiu va venir tot sol. El vaig reconèixer de seguida. El Ravenet tenia raó, no semblava que fos gaire simpàtic. Si no hagués sabut qui era, l'hauria pres per un lladre en comptes d'un detectiu.

Es va plantar davant del senyor Blumenthal.

—Que podríem parlar en privat? —li va dir mirant-nos de reüll.

Va assentir i el va seguir. Es van quedar drets un parell de metres més enllà i el detectiu va començar a parlar amb el nostre cap.

El Charly era al meu costat.

—Donaria tot el meu sou per poder sentir de què parlen.

—Que t'ho has cregut! Necessitem el teu sou per al meu ordinador.

—Sí, sí, ja ho sé. Només parlava. I si m'hi acostés a poc a poc? Potser puc entendre alguna cosa.

—I com t'ho vols fer? Si et veuran de seguida!

El Charly va assentir.

—És veritat. Llàstima! Però si continuen així, aviat els ho podrem entendre tot!

Mentrestant, continuaven parlant i gesticulant amb els braços, i es podia veure clarament que no compartien la mateixa opinió. De sobte, el nostre cap va fer mitja volta i va tornar. Es va posar al costat nostre, va encreuar els braços i va mirar furiós endavant. D'aquesta manera de segur que els nens petits no volen acostar-se al Pare Noel. El Charly i jo vam tornar al moment a la roda i vam fer com si no ens interessés.

Quan el detectiu va passar pel costat del senyor Blumenthal, es va aturar. Va posar els braços fent nanses i li va dir mirant:

—Encara que el Pit sigui el seu millor home! No cobra per beure cafè i fumar cigarretes. Ha de fer la seva feina, com tothom!

El Charly no es va poder aguantar més:

—Senyor Blumenthal, s'ha discutit amb el detectiu pel Pit?

Molt sovint m'he preguntat si el Charly és valent o simplement un ximple. En aquell moment ho vaig tornar a fer.

Si el senyor Blumenthal fos el Pare Noel de debò, no tornaria a deixar-li cap més regal sota l'arbre. Així doncs, només el va escridassar:

—Fica't en els teus assumptes, noi! T'he repetit moltes vegades que no et paguem perquè t'estiguis aquí dret! I tampoc no guanyes diners perquè em facis preguntes insolents.

El Charly va agafar aire, però no va dir res. Com

que el senyor Blumenthal no semblava que s'hagués de calmar de seguida, vaig intentar salvar la situació.

—Senyor Blumenthal —vaig preguntar tan amablement com vaig poder—. Només és perquè està cansat. De fet, fa mitja hora que hauríem d'haver fet un descans.

La mirada del furiós Pare Noel es va dirigir només cap a mi. Aleshores, però, va mirar el seu rellotge.

—Està bé —va murmurar—. Per mi, podeu fer un descans. Estaré content si no us veig per aquí durant una estona. Però feu el favor de tornar a l'hora!

Vaig agafar el Charly de la mà i me'l vaig endur cap als vestidors.

—Per cert! —va exclamar el senyor Blumenthal—. Com és que sabies qui era?

—Tinc les meves fonts —va respondre el Charly.

Quan ja no ens podia veure, em vaig aturar.

—Digue'm, que ets boig o què? Ara de segur que està més enfadat.

—M'és igual —va replicar el Charly, tossut—. Per cert, ha estat bé la idea de fer el descans, Estefi. Ara podem buscar el detectiu.

Em pensava que no hi sentia bé.

—Que encara no n'has tingut prou?

—Què dius? Aquest paio és un professional. De segur que em dirà el que està passant.

No el vaig poder aturar. Va sortir corrents. Durant una bona estona vaig estar rumiant si em menjava el meu entrepà tota sola al vestidor. Finalment, però, vaig sortir darrere seu. Probablement l'hauria d'ajudar.

No vam trigar gaire a trobar el senyor Stehle. Estava xerrant amb una de les venedores de la secció de perfumeria, que sempre sembla que es banyin en pots de pintura. El Charly es va dirigir cap a ell com aquell que no hi té res a perdre.

—Bona tarda, senyor Stehle! —es va ficar de sobte entremig de la conversa amb la bella venedora.

El senyor Stehle es va tombar sense ganes. Quan va reconèixer el Charly, va fer uns ulls com unes taronges.

—Vet aquí els àngels de la secció d'olles —va dir amb les rialletes de fons de l'acolorida venedora—. Què voleu?

—Només ens volíem presentar —va continuar el Charly, segur d'ell mateix—. Com a col·legues, per dir-ho d'alguna manera.

El senyor Stehle va necessitar una estona fins que va entendre el que havia dit el Charly.

—Col·legues? —va exclamar—. Que potser duc una camisa de dormir amb ales o una anella de sant?

Vaig voler que se m'empassés la terra quan les rialletes van passar a riallades. El Charly, però, no va desistir.

—No em refereixo a això. En realitat, nosaltres

també som detectius. Es podria dir que això és el nostre camuflatge, i hem vist que vostè ha estat parlant amb el nostre cap. Ja que nosaltres també tenim les nostres sospites, voldríem preguntar-li el motiu pel qual ha interrogat el senyor Blumenthal. Si ho he entès bé, es tracta del Pit, oi?

El senyor Stehle va trigar una estona a decidir-se si havia de riure del Charly o bé esbroncar-lo. Es va decidir per això darrer.

—Ara vull dir-te jo una cosa, noi! En primer lloc, aquí no hi teniu res a fer! En segon lloc, us importa un be negre el que jo parli amb el senyor Blumenthal, i en tercer lloc, us prohibeixo anar amunt i avall pels magatzems jugant als detectius. Més val que us quedeu a casa, que perseguir els pillards és cosa de professionals. I aquí només n'hi ha un, i sóc jo! Entesos?

—Entesos! —vaig exclamar abans que el Charly pogués dir alguna cosa.

El vaig agafar del braç i el vaig arrossegar darrere meu.

—Tenim les nostres sospites! —vaig exclamar quan el senyor Stehle i el seu «pot de pintura amb potes» ja no ens podien sentir—. Quin és el motiu pel qual ha interrogat el senyor Blumenthal? Però, què passa? Que has perdut la xaveta? Posar-me en ridícul d'aquesta manera!

—Au, vinga! Comença ara tu també —va replicar-me el Charly.

Vaig caure en el fet que aquella tarda havien esbroncat el Charly tres cops: primer jo, després el nostre cap i finalment el seu ídol, el detectiu dels magatzems. De segur que n'havia tingut prou.

—I si oblidem tota aquesta història? —vaig preguntar per això mateix—. Al cap i a la fi, deus estar fart que sempre t'esbronquin.

Havia comptat que el Charly, penedit, em donés la raó. Tanmateix, només es va indignar.

—Que vols abandonar ara? Precisament ara? Amb el Pit està passant alguna cosa. El Blumenthal s'ha comportat d'una manera molt sospitosa, i l'Stehle s'ha empipat perquè hi ha algú més ficat en aquest cas. Aquest només volia fanfarronejar davant del maniquí aquell de la secció de perfumeria. No, Estefi, ara sí que no!

5
El nan de jardí nadalenc

Dimecres, 16 de desembre

Haver de guanyar diners tenia una pila d'inconvenients. Un d'ells era precisament que gairebé no veia la cara al Preciós. Com que el Ravenet i el Fred havien de treballar, ara tenia l'ocasió de tornar a jugar amb ell tranquil·lament, sense que ningú no ens destorbés. Em vaig afanyar a fer els deures i encara era d'hora quan vaig sortir per visitar el Preciós, carregada amb menjar per a gossos i un nou os de goma per rosegar.

La tieta Hilde i l'oncle Werner havien començat a estimar-se el nostre gos. Per això, li havien construït un petit refugi per a l'hivern al cobert. A través d'una portella que l'oncle del Charly havia fet per al Preciós, ara pot sortir a fora per fer les seves necessitats entre els arbustos rere el porxo. Sempre que podem, almenys un de nosaltres va cada dia a veure'l. I quan no podem, aleshores se n'encarreguen l'oncle Werner i la tieta Hilde. D'aquesta manera, el nostre gos està ben cuidat. No obstant això, quan nosaltres el visitem, es torna boig.

Encara que trobi el Preciós el gos més lleig del món sencer, m'encanta que aquesta petita bola de pèl salti al meu voltant xiulant i tossint. Volia tornar a gaudir-ne i jugar-hi tota sola.

Però no va poder ser. No era a la seva caseta.

Vaig buscar pertot arreu a l'hort, vaig mirar darrere de cada arbust, però havia desaparegut. Probablement el Preciós estava corrent per allà a la vora, com acostumen a fer molts gossos. Però és que, des que era amb nosaltres, no ho havia fet mai encara. Vaig sortir corrents, podia arribar a casa i trucar al Charly. Potser ell en sabia alguna cosa més.

Tanmateix, no va caldre, ja que el Charly s'estava esperant davant de la porta casa meva.

—On eres, Estefi? —va exclamar des de lluny—. He picat un parell de vegades, però no m'ha obert ningú.

Vaig recordar que els pares volien anar al centre a fer les compres de Nadal, i el Ravenet havia de treballar.

—Era a la caseta del Preciós —vaig respondre—. Però no hi és.

Mentrestant, el Charly es va dirigir cap a mi, de manera que vam poder parlar en veu normal.

—Ja sé que el Preciós no és a la seva caseta. D'això es tracta. El Fred m'ha trucat. Estava completament fora de si.

Vaig començar a pensar el pitjor.

—Que li ha passat res, al Preciós?

—No, això no, però no hi és. El ximple del Fred se l'ha endut als magatzems i l'ha amagat darrere la roda. Però s'ha avorrit com un lluç i ha marxat sense que el Ravenet o el Fred se n'hagin adonat. I ara no poden sortir a buscar-lo.

—Oh, no! —vaig gemegar—. I ara ens toca a nosaltres?

—Exacte.

—Som-hi, doncs. Probablement, deu estar encara voltant pels magatzems. Té molta por de sortir a fora.

Ja s'havia fet fosc quan vam arribar als Hurtig.

—Primer de tot, anem a veure el Ravenet i el Fred —vaig proposar—. Pot ser que mentrestant el Preciós hagi tornat.

En veure de lluny aquell parell, dues ànimes en pena amb ales i anelles de sant, vam saber que el nostre gos encara no havia aparegut.

Per a sorpresa nostra, amb ells a la roda no hi havia el Pit sinó el senyor Blumenthal. Només faltava això!

Quan ens va descobrir, va arrufar les celles sota el barret de Pare Noel.

—Què voleu vosaltres aquí?

—Que podria parlar amb el meu germà un moment? És un assumpte familiar.

El senyor Blumenthal va sospirar.

—Assumpte familiar! Està bé, però afanyeu-vos. I després toqueu el dos; si no, destorbeu els clients.

Ens vam apartar amb el Fred i el Ravenet.

—Eh, tios, eh! Em sap molt de greu! —va començar el Fred abans que nosaltres poguéssim dir res—. No sé per què ho ha fet. Normalment sempre es queda al meu costat.

—Hem estat tota l'estona rumiant on podia haver anat —va dir el Ravenet—, i només se'ns ha acudit la secció d'alimentació.

El Charly em va agafar del braç.

—Què esperem, doncs? Anem a fer-hi un cop d'ull abans no buidi els prestatges.

Amb la màxima discreció, vam inspeccionar la secció d'alimentació dels Hurtig. Vam recórrer cada passadís i vam mirar sota cada prestatge, tot cridant contínuament el nom del Preciós en veu baixa.

—Aquí no hi és —va dir el Charly finalment—. Hem de posar-nos mans a l'obra sistemàticament.

—Ah... I com es fa això?

—És molt senzill! O bé comencem des de dalt de tot i anem baixant planta per planta, o a l'inrevés.

—Ostres! Són quatre plantes! Que no ens passi res! —vaig exclamar.

Vam decidir començar pel soterrani. Allà hi ha bicicletes, eines i jardineria. Després d'anar de quatre grapes entre les bicicletes i les màquines trepadores, el Charly va cridar de sobte:

—Estefi! És allà!

—On?

—Allà darrere, amb els nans de jardí!

Nans de jardí! Hi podríem haver pensat abans. Els nans de jardí són la joguina preferida del Preciós. Quan no som amb ell, per tal que no es trobi tan sol al jardí de la tieta Hilde, hem ficat un parell dels seus

vells nans de jardí a dins de la seva caseta. Se'ls estima des del primer moment.

Allà era ell, ben arrambat a un dels nans i mirant al seu voltant com si fos un somni tot plegat. El Charly i jo ens hi vam llançar alhora, i gairebé en aquell mateix moment el va descobrir una de les venedores.

—Hi ha un gos entre els nans de jardí! —va cridar com boja.

El petit es devia espantar terriblement en veure que tres persones corrien cap a ell. Potser tenia por que algú li volgués prendre el seu estimat nan. En qualsevol cas, va reaccionar com mai abans no ho havia fet. Va ensenyar les dents com si ens volgués mossegar, i es podia advertir clarament el forat que hi tenia.

Tot plegat era tan estrany que de segur que hauria rigut si no m'hagués agafat tan de sorpresa. El Charly i jo ens vam quedar allà drets parlant amb ell.

Malauradament, la venedora no es va adonar que el Preciós només estava lluitant pel seu nan de jardí. Quan ja l'havia gairebé enxampat, el Preciós la va atacar. Almenys ho va intentar. La venedora es va enretirar ràpidament cap a una banda, i el Preciós va aterrar de cap en els testos de ceràmica. El vaig treure d'entre les restes dels testos i el vaig abraçar mentre li deia:

—Però si ja en tens dos, de nans de jardí, Preciós, i són molt més macos que aquests d'aquí. A la teva caseta, no n'hi cap un altre.

Etcètera, etcètera. Finalment va deixar de ploriquejar i només se'l sentia xiular.

Mentrestant, la meitat dels venedors de la secció de jardineria s'havien reunit al voltant nostre. I va passar el que havia de passar. Una de les venedores ens va reconèixer:

—Però si són els angelets que reparteixen xocolates! Gerda, truca al Pare Noel!

Uns segons després es va sentir per megafonia:

—Es prega al Pare Noel que vingui urgentment als nans de jardí.

I al cap d'una estona va aparèixer el Pare Noel escortat pels seus angelets, el Ravenet i el Fred. Quan ens va reconèixer, es va quedar palplantat i, com una fúria, va treure's la barba de Pare Noel:

—Què? Però què caram és el que ha passat ara?

Ho sabia! Sabia d'on coneixia el senyor Blumenthal, i ara sabia també per què el Preciós estava tan boig per ell. Els nans de jardí! El senyor Blumenthal semblava un enorme nan de jardí vivent. La barba, el nas de carxofa, els ulls... tot! Era perfecte! Per al Preciós allò devia ser com si jo hagués vist el meu osset de peluix davant meu amb vida. Els altres també se'n devien haver adonat, perquè mentre que el Ravenet i el

Fred es tapaven la boca amb la mà, el Charly em va xiuxiuejar una mica massa fort:

—Ostres! Aquest sí que sembla un nan de jardí!

El nostre cap es va acostar cap a nosaltres amenaçant:

—Però, què hi feu vosaltres, aquí? —va preguntar en veu perillosament baixa—. És que em voleu arruïnar?

—No, no! I ara! —vaig dir lluitant contra el riure—. Només hem agafat el nostre gos, és que se'ns havia escapat.

En aquell moment, de segur que un Pare Noel de debò hagués fet ploure sobre nosaltres o ens hagués castigat d'una altra manera. El senyor Blumenthal, però, només bufava com un bou furiós mentre rumiava què faria amb nosaltres.

La veu de megafonia ens va salvar, almenys de moment:

—Es prega al Pare Noel i als angelets que vagin immediatament al despatx del senyor Grossmann.

—El que em temia! —va rondinar el nan de jardí—. Au, vinga, som-hi! I, per l'amor de Déu, deixeu aquest gos aquí!

—Eh, tio, eh! Aleshores tornarà a escapar-se.

—M'és del tot igual! No el podeu portar al despatx del senyor Grossmann, i aquí no es queda ningú. Tots quatre veniu amb mi.

—Mentrestant, el podríem deixar tancat al vestidor —vaig proposar—. Així no podrà escapar-se.

—Està bé.

Volíem marxar ja d'allà quan, de cop i volta, un home es va aturar allà al davant.

—Un moment. Encara tenim els testos trencats. Qui se'n fa càrrec?

—Els nanos! —va exclamar el nan de jardí—. Qui ha de ser!

Vaig intentar llançar al Fred una mirada fulminant.

—Quant puja tot?

—Són catorze euros amb vuitanta.

El Fred em va mirar buscant ajuda. D'ençà que havíem ajuntat tots els nostres estalvis per a la reparació del meu ordinador, cap de nosaltres no tenia ni cinc. Jo duia els diners dins d'una bosseta penjada al coll i vigilava que no en desaparegués ni un cèntim. M'agradés o no, els vaig haver de treure i pagar.

—Aquests me'ls tornaràs —vaig exclamar al Fred de camí cap al vestidor.

—Eh, tia, eh! No et posis així! Després de Nadal te'ls torno. Estigues contenta que al Preciós no li hagi passat res.

El vam tancar al vestidor, la qual cosa ens va

agrair gemegant i xiulant ben fort. El Charly i jo vam haver de retirar el Fred amb força de la porta; si no, probablement s'hagués posat a l'altra banda de la porta i hagués gemegat amb ell.

El senyor Grossmann ens va rebre amb cara de pomes agres. Anava dirigida més al nostre cap que a nosaltres.

—Senyor Blumenthal, em pot explicar què és el que ha passat? Li he deixat ben clar aquest matí que no volia cap problema amb els seus empleats. Al cap i a la fi, el que volem amb la seva acció és atreure els clients, no espantar-los.

—Sí, ja ho sé, senyor Grossmann —va dir el senyor Blumenthal en veu sorprenentment baixa—. De l'assumpte amb el Pit ja me n'he encarregat, tal com em va indicar. L'he acomiadat avui mateix.

—Home, només hagués faltat això —va replicar el senyor Grossmann.

—El Pit acomiadat? —va exclamar el Ravenet.

—Ocupeu-vos millor dels vostres assumptes, nois —va respondre el senyor Grossmann—. Si no, la vostra feina aquí podria acabar més aviat del compte.

—L'incident amb els nanos ja està arreglat. De seguida han pagat els desperfectes. Només són uns nens. I vostè és el que volia, nens per a la campanya de Nadal.

El senyor Grossmann ens va mirar.

—Està bé, doncs. Oblidem-nos del que ha passat. No obstant això, d'ara endavant manteniu el vostre gos ben lluny d'aquí, m'heu entès?

Un cop al passadís del despatx del senyor Grossmann, el nan de jardí es va aturar i va posar les mans fent nanses.

—Feu la vostra feina, res més. Entesos?

Després que l'hi haguéssim promès, va tornar cap a la roda de la fortuna amb el Ravenet i el Fred, que ens recordava insistent que no ens oblidéssim del Preciós.

—Amb el Pit en passava alguna de grossa, ja us ho vaig dir —va dir fanfarronejant el Charly quan érem sols.

—Sí, però ara ja no hi és —vaig respondre—. El cas està tancat, senyor Superdetectiu.

—Ja veuràs com això encara deixarà cua. Tinc un pressentiment.

—Jo només tinc un pressentiment, i és que per avui ja n'he tingut prou! —vaig contestar.

Tanmateix, no sabia encara quina sorpresa ens havia tornat a preparar el Preciós.

Quan vam obrir la porta del vestidor, havia nevat. Almenys és el que semblava a primer cop d'ull. Al segon cop d'ull, hi havia petits flocs d'escuma per tot arreu.

—Però, què és això? —va cridar el Charly.

De seguida ho vam saber. El Preciós seia tot orgullós damunt d'un tros de roba. Per tota la boca, hi tenia enganxats els mateixos flocs que hi havia per terra.

—És el coixí amb què els Pares Noel s'omplen la panxa. Almenys aquest n'era un —va exclamar el Charly.

—Preciós, ets pitjor que un animal salvatge, que ho saps? —vaig esbroncar el nostre «Senyor Desgràcies».

Es va retirar amb la cua entre les potes cap a un racó mentre el Charly i jo recollíem el contingut del coixí. Vam aconseguir netejar el terra, però no recuperar el coixí.

—Ens ho emportem i ho llancem en algun lloc —va decidir el Charly—. Si el Pare Noel arriba a saber el que el Preciós ha fet amb la seva panxa, ja podem anar dient adéu a la nostra feina.

Dijous, 17 de desembre

Una cosa s'ha de dir del Charly: amb ell no s'avorreix ningú. L'endemà ja va anunciar la seva nova ocurrència.

El Ravenet i jo ens havíem trobat amb el Fred de camí cap a escola. Li vaig explicar què havia fet el Preciós amb el coixí del Pare Noel.

—Eh, tia, eh! Sort que el nan de jardí no el va enxampar. Qui sap que hagués pogut fer al Preciós.

De lluny, podíem veure que el Charly duia alguna cosa al cap. Inquiet, anava saltant ara amb una cama, ara amb l'altra.

—Estefi! De vegades un pot estar realment cec —va començar dient—. No veus el que tens davant teu.

—Podries deixar-te d'endevinalles —vaig interrompre'l—. Com és que estàs cec?

—Jo no, Estefi! Nosaltres! Ahir, el Preciós va fer malbé el coixí del Blumenthal, oi?

—Sí, i...?

—Aleshores no se'l va poder posar. Però la panxa, en canvi, sí que la duia ben plena, n'estic seguríssim!

—Eh, tio, eh! Què t'empatolles? No pots anar al gra d'una vegada?

—Però si és això! Com s'havia pogut omplir la panxa si no tenia el coixí?

De mica en mica vaig començar a caure-hi.

—No deus voler dir que duia coses robades a sota, oi?

—I tant que ho vull dir! Si no, amb què es va omplir l'abric? És el camuflatge perfecte. Ningú no es pensa que un Pare Noel pugui robar. Els Pares Noels sempre porten coses, mai no se les emporten, i un abric tan ample és l'amagatall perfecte.

—Me'n faig creus —vaig dir, malgrat que jo també vaig trobar força estrany que el nan de jardí s'omplís l'abric tot i ser tan panxut.

—Teòricament podria ser veritat —va afirmar el Ravenet.

—Aleshores, em creus? —va exclamar el Charly.

—No he dit pas això!

Tal com brillava la cara del Charly, allò no era pas tot.

—Tu en portes alguna de cap.

—Sí —va dir el Charly, radiant—. Voto perquè vigilem el nan de jardí. Qui més hi està d'acord?

El Ravenet, el Fred i jo ens vam mirar sense saber què dir.

—Eh, tio, eh! I com t'ho vols fer? Et penses que ens deixarà anar darrere seu tan fàcilment? Amb les nostres camises de dormir de seguida cridarem l'atenció!

—Llavors ho hauran de fer els qui tinguin l'estona lliure. Així és molt millor, perquè els altres han de treballar.

Ja en tenia prou!

—Fins aquí podíem haver arribat! —vaig exclamar—. Al vespre estic desitjant sortir d'aquest ambient asfixiant i de tot l'aldarull nadalenc, i a sobre vols que, quan tingui l'estona lliure, vagi amunt i avall. I tot plegat per perseguir un dels teus fantasmes imaginaris! I si fos el coixí del Pit?

—Doncs hauríem de trobar-ne proves. I vosaltres, què me'n dieu? —va preguntar ofès el Charly al Ravenet i al Fred.

—Jo demà m'he de fer càrrec primer del Preciós —va dir el Fred—. Després de tot el que va passar ahir, de segur que em necessita.

El Ravenet va sospirar. Conec el meu germà tan bé com per saber que estava lluitant contra ell mateix. Per algun motiu, li era molt difícil contradir el Charly. Aquesta vegada, però, era un gra massa, fins i tot per a ell.

Va moure el cap tot dient:

—No penso que hi hagi res en tot aquest assumpte amb el nan de jardí. A més, encara he d'estudiar *Mates!*

Aquest devia ser el primer cop que el Ravenet estudiés *Mates* voluntàriament. Tanmateix, jo no vaig dir res.

El Charly va respirar profundament.

—Esteu fets uns bons socis, vosaltres! Quan un més us necessita li doneu l'esquena. Però no us penseu que no me'n sortiré sense vosaltres. Vigilaré els Pares Noels i trobaré alguna cosa! D'això, en podeu estar ben segurs.

I tot d'una es va girar i amb el cap ben amunt va marxar.

—Eh, tios, eh! Aquest es pensa que és un detectiu de la *tele.*

—No obstant això, d'alguna manera trobo bé que no es deixi dominar —va afirmar el Ravenet.

—I ara! —vaig replicar—. Però si no pot reconèixer que està equivocat.

Nadal s'acostava. Nosaltres ho notàvem perquè els magatzems cada dia estaven més plens, la música de Nadal més alta i la gent més nerviosa. El Ravenet m'havia explicat la nit abans la feinada que havia tingut i que els nens contínuament es posaven a marranejar ben fort cada cop que la roda no donava cap premi i ells es quedaven sense xocolata. De manera que quan anava cap als magatzems, em vaig desesperar pensant en la tarda que m'esperava. Sobretot perquè sabia que havíem de muntar la roda precisament a la secció de joguines. I allà havia de quedar-se fins a l'últim dissabte. Realment no ens faltava res de res!

Davant de la roda hi havia una gentada, com si tots els nens de la ciutat haguessin quedat allà. El Charly i jo fèiem girar la roda tant com podien els braços. Estava esperant que arribés el descans abans que pogués recollir flors sense haver-me d'ajupir. A més a més, tenia ja la mandíbula desencaixada de recitar tant els estúpids versos de Nadal. Per això, per fer la situació més amena, hi introduïa unes nadales mitjanament normals, com ara: «Les dotze van tocant, ja és nat el Déu Infant, fill de Maria». Tanmateix, el nostre cap ens insistia perquè recitéssim les ximpleries que havia compost. I després, a més, el Charly em va deixar allà tota sola.

—Que podries continuar un momentet tu tota sola? —em va dir de sobte.

—T'has tornat boig? Que no veus la feinada que hi ha?

—Torno de seguida, només són dos minuts.

He vist passar l'Stehle. Li he d'explicar la història del coixí.

—Que vols que et torni a esbroncar? No en tens mai prou?

El Charly em va agafar les espatlles i em va sacsejar de manera que les nostres anelles de sant es van moure com la cua del Preciós quan rosega el seu os de goma.

—Estefi, aquesta vegada es tracta d'una pista molt fiable, de debò! Confia en mi!

El Charly havia aconseguit tornar a cridar l'atenció del nostre cap.

—I ara què us passa? Quanta estona s'ha d'esperar, aquesta gent? —va dir assenyalant un parell de nens que cridaven per la seva xocolata.

—És que he d'anar al lavabo urgentment —va mentir el Charly—. Si no hi vaig aviat, m'ho faré a sobre.

—Doncs, vés-hi. Però procura tornar de seguida —va rondinar el Pare Noel—. Al capdavall no et pago per pixar.

No havia acabat de dir allò que el Charly ja havia marxat. Tal com era d'esperar, va trigar més temps del que normalment es necessita per anar al lavabo. El senyor Blumenthal havia mirat ja dos cops el rellotge quan finalment va aparèixer el Charly. No tornava, però, sol. L'acompanyava el senyor Stehle, la cara del qual no augurava res de bo.

—Això no pot ser! —va dir mentre el Charly provava d'amagar-se darrere meu—. Ja li he dit més d'un cop que els nens no poden anar amunt i avall pels magatzems, i començo a estar tip d'aquest mocós.

—Però ara què et passa, a tu? —va exclamar el nan de jardí.

—M'ha tornat a empipar amb les seves ximpleries... Ara diu que va enxampar el Pit robant.

—Què? —va exclamar el nan de jardí, tot pàl·lid—. Però si ja no hi és!

—Exacte, només són ximpleries. Per això d'ara endavant m'ha de deixar en pau.

—Sí, sí, segur que sí —va dir el senyor Blumenthal, visiblement més calmat—. No tornarà a passar.

El senyor Stehle va assentir.

—Entesos, doncs.

D'aquella manera va deixar allà el nostre cap.

Va llançar una mirada al Charly que em recordava molt la de la nostra professora de biologia, la senyora Schulte-Stratmann, quan s'enfada. I aquella mirada podia fondre l'acer.

—Ara no penso enfadar-me —va dir el senyor Blumenthal molt baixet—. Però si m'agafa un cobriment al cor, us l'hauré d'agrair a vosaltres!

—Em sap greu, senyor Blumenthal. De segur que no tornarà a passar —vaig dir molt dolguda, encara que, amb molt de gust, hagués escanyat el Charly.

—Això no t'ho creus ni tu! Ja n'estic fart. Necessito una pausa —va arromangar-se l'abric i va marxar.

Gairebé en aquell mateix moment, el Charly va penjar el cartell de tancat.

—Em pots dir què és el que ha passat? —vaig escridassar-lo—. Sempre m'estàs ficant en problemes! Què passa amb el Pit? Em pensava que volies explicar a l'Stehle la història del coixí.

El Charly va fer un gest de rebuig.

—Les coses han canviat. Vine, anem al vestidor, allà t'ho podré explicar tot.

Abans que el Charly em comencés a explicar al vestidor les seves últimes proeses heroiques, primer de tot vaig haver de menjar alguna cosa. Vaig treure la carmanyola de l'armari i em vaig deixar caure en un dels bancs.

El Charly es va asseure al meu costat.

—Estefi, de debò que he enxampat el Pit robant. Anava vestit amb roba de carrer. Sense el seu vestit de poc que no el reconec, però estic segur que era ell.

Em vaig apartar una mica del Charly.

—Ara sí que t'has begut l'enteniment del tot! —vaig exclamar espargint les molles de pa pertot arreu.

—Que no, Estefi! De debò! Era a la secció de música. L'Stehle era a la caixa xerrant amb una de les venedores. He esperat una estona perquè volia parlar amb ell quan estigués sol. Llavors m'he amagat rere una prestatgeria i l'he observat.

—Per això has trigat tant! —vaig retreure-li.

—Sí, i em sap greu. No podia fer res més. En qualsevol cas, darrere la caixa hi ha una habitació on s'emmagatzemen els discos.

—Però allà no hi pot entrar ningú —vaig dir.

—Exacte! —va exclamar el Charly—. Qui hi entra pot sortir perfectament dels magatzems amb els discos robats. Les etiquetes de seguretat s'enganxen just abans de col·locar els discos als prestatges.

—I tu has vist com el Pit ha robat els discos? —vaig voler saber.

—No, directament no l'he vist, però sí com entrava a l'habitació.

—I realment has reconegut el Pit? Potser era un venedor.

—Impossible! Era ell!

—I l'Stehle no ha vist res?

—Aquesta és la qüestió. Ell era allà al costat, a un parell de metres. Probablement devia estar tan ocupat amb la venedora que no ha vist res més. He volgut acostar-m'hi, però el paio ha estat massa ràpid. Abans que me'n pogués adonar, ja havia sortit de l'habitació. M'he dirigit de seguida cap a l'Stehle i l'hi he dit.

—Però ell no t'ha cregut —vaig concloure.

—Hauries d'haver sentit com m'ha esbroncat. Que tinc el cap ple de pardals. I després m'ha dit que estava mentint! Per sort, la venedora ha estat molt amable, fins i tot m'ha donat la raó. Ha dit també que darrerament s'han robat molts discos, i que no se sabia com. Però, d'això, l'imbècil aquest no n'ha volgut saber res. Immediatament hem tornat plegats per veure el Blumenthal.

El Charly em feia llàstima. Havia aconseguit observar un lladre però el detectiu no el creia. Ara, que potser estava tan obsessionat amb la idea d'enxampar un lladre que potser s'ho havia inventat tot. Qui sap qui era aquell home que el Charly havia vist desaparèixer de l'habitació dels discos.

Divendres, 18 de desembre

Malgrat que el Charly sempre fa com si fos el nostre cap, no se'l pot deixar tot sol sense que es fiqui en problemes. Em vaig esgarrifar pensant en el que encara podria fer. Així que per a la seva pròpia seguretat vaig decidir d'acompanyar-lo aquella tarda als magatzems per observar els Pares Noels.

—De debò? —va exclamar quan l'hi vaig dir—. De debò penses que hi ha alguna cosa amb els Pares Noels que no encaixa?

—No ho sé. No ens farà cap mal fer-hi una ullada. A més, m'agradaria anar als magatzems de nou amb roba normal.

Quan ens vam trobar a la tarda davant dels magatzems, el Ravenet i el Fred ja feia una hora que feien girar la roda.

—Primerament anem a la secció de música, perquè et pugui ensenyar l'habitació on el lladre va desaparèixer ahir.

—Per mi... —vaig sospirar, tot i que ja coneixia l'habitació.

Mentre m'ensenyava «el lloc del crim», em va explicar la seva història com a mínim per tercera vegada. Després em va portar a un dels prestatges on hi ha els discos. En va agafar un.

—Mira, veus? Aquí hi ha enganxada aquesta cosa que fa saltar l'alarma. Però quan un entra a l'habitació i roba els discos, aleshores no li pot passar res de res perquè encara no duen les etiquetes de seguretat.

—Qui vol robar res, aquí? —vam sentir una veu darrere nostre.

Era el senyor Stehle. Quina casualitat!

—Robar? —va exclamar el Charly—. Aquí ningú no vol robar res! Només el paio d'ahir, el que es va ficar a l'habitació allà darrere. Era el Pit! Però com que vostè no em va voler creure...

Amb molt de gust hauria enviat el Charly a la lluna. En comptes de mostrar-se discret amb el tema, es va tornar a discutir amb el detectiu.

I aquest no es va tallar gens.

—Ja hi tornem a ser? Començo a pensar que t'ho has inventat tot per distreure'm d'altres assumptes!

—Què vol dir? —vaig exclamar, perquè allò anava ja massa lluny.

Mentrestant havíem aconseguit cridar l'atenció de la venedora, que va venir de seguida.

—Què passa, senyor Stehle? —en aquell mateix moment se li va il·luminar la mirada—. Ves per on! Però si és el simpàtic noi d'ahir. Sense el teu vestit no t'havia reconegut.

—Em penso que aquest parell volia fer desaparèixer alguna cosa —va dir el fastigós del detectiu.

Vaig voler protestar, però l'amable venedora ens va defensar.

—Au va, senyor Stehle. Però si treballen aquí. De segur que només volien comprar alguna cosa, oi?

—Exacte! —va respondre el Charly ràpidament—. Volíem comprar aquest disc.

I sense ni tan sols mirar-lo, va ensenyar el disc que encara tenia a la mà.

La venedora se'l va mirar.

—Ah, sí! És una compilació de cançons populars. Una gravació molt maca. Una vegada la vaig regalar. Que us interesseu per aquest tipus de música, vosaltres?

—No! És... mmm... per a la meva àvia, per Nadal —va quequejar el Charly.

—Oh! Se n'alegrarà molt, ja ho veuràs —va dir

la venedora, radiant—. Veniu a la caixa. Us agafaré un disc nou del magatzem.

La vam seguir sense replicar. Va desaparèixer dins la famosa habitació, va tornar al cap de poca estona i va començar a marcar a la seva màquina enregistradora.

—Quant val? —va preguntar el Charly en veu baixa.

—Exactament són dinou euros i noranta cèntims —ens va respondre radiant.

—Tan car?

—Sí, en el preu hi ha inclòs un donatiu per a una bona causa benèfica. Segurament que a la teva àvia li agrada aquest detall.

Vaig haver de treure de nou la meva bosseta per pagar aquella dinerada per una música de gaites. Si allò continuava d'aquella manera, després d'aquesta feina seríem més pobres que abans. La venedora, però, estava contenta. El Charly va agafar el disc i vam tocar el dos.

—Una causa benèfica! Ets un ximple, ho sabies? —li vaig dir quan baixàvem per l'escala mecànica.

—I què volies que fes? —es va queixar el Charly—. Però si el detectiu ha sospitat de nosaltres.

—Nosaltres? De tu, ha sospitat. I ara a veure com t'ho fas per aconseguir els diners per tornar a omplir la meva bosseta.

Al Charly se li va tallar la respiració de l'ensurt.

—I d'on se suposa que he de treure jo tants diners? Que no ho podríem descomptar com a despeses? Al cap i a la fi, estàvem de servei.

Realment, els nois són uns ximples. Amb molt de gust l'hagués deixat allà patint una estona més encara, però volia marxar cap a casa.

—Dóna'm el disc —vaig dir estenent la mà.

—Per què?

—Perquè em tornin els diners.

—I com t'ho faràs?

—Que no has sentit mai a parlar de la caixa central? Allà es pot bescanviar fàcilment, no hi ha cap problema si no s'ha obert encara i conserves el tiquet. Així que ho podem fer.

El Charly es va portar la mà al cap.

—Com és que no hi havia caigut!

—Vet aquí, senyor director, s'ha de pensar més.

6
El caçador és caçat

Dissabte, 19 de desembre

Comparat amb l'últim dissabte abans de Nadal, el que havia passat els dies abans als magatzems va ser una insignificança. No hi havia cap habitant de la ciutat que aquell dia no hagués passat pels magatzems Hurtig. La gent s'empenyia pels passadissos com al parc d'atraccions durant les vacances d'estiu. I cadascú que passava per la nostra roda de la fortuna volia guanyar un dels estúpids paquets amb xocolata. Ni el Charly ni jo vam poder descansar ni tan sols un minut. Em penso que no oblidaré mai a la vida els versos nadalencs del senyor Blumenthal. I em vaig jurar que, un cop hagués superat tot allò, no recitaria mai més cap poesia de Nadal. Tanmateix, tot aquell aldarull de gent tenia un avantatge: el temps passava volant. Quan el Ravenet i el Fred van aparèixer amb aquelles cares llargues per rellevar-nos, no podia creure que ja fos tan tard. Vam anar plegats al vestidor per donar-los les nostres camises de dormir i les anelles de sant.

—Potser avui hauríem de tornar als nostres llocs de vigilància, Estefi —va proposar de sobte el Charly.

—Què dius? —vaig preguntar—. Que vols comprar un altre disc per a la teva àvia?

—No, Estefi! Ara de debò. No disposem de gaire temps, queden un parell de dies per Nadal! Si el volem enxampar hem de continuar!

—Tu, si vols, pots continuar després de Nadal com a mona de Pasqua —vaig respondre—. Jo ara me'n vaig a casa, tinc gana i estic cansada. Per mi, com si el nan de jardí buida els magatzems sencers.

—Sou uns conformistes! —es va queixar el Charly—. Jo penso continuar vigilant-lo peti qui peti. Me'n vaig a casa un moment, menjo alguna cosa i hi torno. Ja us aviso després, nois.

El Fred i el Ravenet es van llançar una mirada que deia molt i van tornar cap a la feina.

Estava contenta que ja s'hagués acabat, només volia sortir d'aquell manicomi.

—Així doncs, què fas? —vaig preguntar al Charly—. Véns amb mi?

—Sí, espera que tanqui el meu armari.

El Ravenet i jo ens preguntàvem tot el temps per què el Charly sempre tancava amb clau el seu armari quan tornàvem a casa. Però si no hi havia res a dins! Fins i tot el Fred se n'havia adonat. Sospitem que el Charly ha llegit tantes coses de delinqüents i robatoris que té por que algú pugui robar res d'un armari buit.

Quan vam haver sortit, vam haver de passar per la secció de perfumeria, que era tot just a tocar de la sortida. I la nostra mala sort va voler que creués pel camí el pot de pintura amb cames, que havia estat present en la vergonyosa actuació del Charly.

—Que no sou vosaltres els angelets a qui agrada fer de detectius? —ens va dir.

El Charly i jo vam continuar caminant sense girar-nos. Potser així ningú no s'adonaria que es referia a nosaltres. Al final, però, vam acabar cridant l'atenció de tothom. Ja érem a la porta quan, de sobte, va sonar una sirena. Gairebé alhora teníem la venedora de perfumeria davant nostre.

—Atureu-vos! —va cridar tan alt que fins i tot algunes persones es van aturar per veure si passava res d'interessant.

—Ep, vosaltres, no feu cap pas endavant —va cridar aquella vaca imbècil més alt encara, malgrat que nosaltres no ens havíem mogut gens.

—Què passa? —vaig preguntar—. Per què ens fa aturar?

—Encara m'ho preguntes? L'alarma, la podeu sentir, oi? L'heu fet saltar.

—Nosaltres? —va exclamar el Charly—. Què l'hi fa pensar?

—Doncs perquè la sirena ha començat a sonar exactament quan vosaltres heu passat per les barres electròniques de seguretat.

—No deu voler dir que hem robat res, oi? —vaig exclamar sentint com el cor em bategava més de pressa, tot i que era completament innocent.

—Pot haver estat un altre —va afegir el Charly—. Al capdavall, per aquí entra i surt molta gent.

—No i no. He vist perfectament que heu estat vosaltres.

Mentrestant, ja s'havia amuntegat una pila de gent al voltant nostre. Quina vergonya! Probablement estava més vermella que un tomàquet.

—No hem fet res! —va tornar a intentar el Charly—. Si us plau, deixi'ns marxar.

—Tot això ho podeu explicar al senyor Stehle —va dir la venedora—. Arribarà de seguida.

El detectiu dels magatzems. Perfecte! Ja hi havia dues files de gent que ens observava. De segur que la majoria pensava que érem uns lladres. Per sort no hi havia ningú que ens conegués. Gairebé em vaig alegrar quan va aparèixer el senyor Stehle.

—Ves per on, qui tenim aquí! —va exclamar en reconèixer-nos—. Amb vosaltres, només es tenen problemes.

—Però si es tracta d'un malentès, tot plegat —va exclamar el Charly—. Si us plau, cregui'ns.

—Què ha passat, senyoreta Schindler? —va preguntar a la venedora de perfumeria.

—Aquest parell han fet saltar l'alarma —va respondre com si estigués explicant que havia caçat dos conills.

Semblava com si el detectiu dels magatzems fins i tot se n'alegrés.

—Interessant.

—Però si nosaltres no hem...

—Això m'ho podeu explicar a la meva oficina.

Veniu. Ens podria acompanyar vostè també, senyoreta Schindler, com a testimoni?

No s'ho va deixar dir dos cops, i a nosaltres no ens quedava cap altre remei que passar amb aquells dos pel davant dels espectadors que ho havien seguit tot amb els ulls ben oberts. Vaig provar de no mirar ningú, amb l'esperança que ningú no em reconegués. No obstant això, probablement hi ha una llei natural que fa que determinades persones apareguin sempre en el moment en què menys se les necessita. Així va passar aquella vegada.

—Típic! —vaig sentir una veu darrere meu.

No va caldre que em girés per saber qui era, i no ho vaig fer tampoc. Era la nostra veïna, la senyora Dubbe. Perfecte! La senyora Dubbe pertany a aquest grup de persones per a les quals els nens no serveixen per a res en absolut. El seu desig més gran és probablement que les persones vinguin al món ja adultes. Es queixa als nostres pares del Ravenet i de mi com a mínim un cop per setmana. O bé fem massa soroll, o som uns desvergonyits, o trepitgem la seva gespa, o tot alhora. I precisament va presenciar com ens conduïen al Charly i a mi com uns delinqüents perillosos. Tanmateix, el nostre calvari no havia acabat.

Al seu despatx, el detectiu dels magatzems ens va fer seure en unes cadires que eren davant de la seva taula. Ell es va asseure al darrere i la senyoreta Schindler es va quedar dreta al seu costat. Tot plegat em recordava els interrogatoris que sempre surten per la *tele.* Només faltava el llum de taula que ens il·luminés la cara.

—Bé, doncs... —va dir el detectiu—. Buideu-vos les butxaques.

—No ens hi pot obligar! —vaig exclamar immediatament. Això també ho havia vist a la *tele.*

El senyor Stehle es va repenjar a la cadira i em va somriure.

—Tens raó. Si vols, puc trucar a la policia. Llavors podràs discutir-ho amb els agents.

El Charly i jo ens vam mirar un moment i vam començar a buidar-nos les butxaques i a desar damunt de la taula tot el que en trèiem: primer, les butxaques dels pantalons, després les butxaques exteriors dels abrics, després les interiors... De sobte, el

Charly es va quedar bocabadat i va treure amb la punta dels dits una cosa de la butxaca interior del seu abric. Era un disc!

El senyor Stehle es va inclinar una mica cap a ell i va treure al Charly el disc de la mà.

—Vet aquí què hem trobat... De segur que en tens un rebut, oi? Em sembla que no hi han tret l'etiqueta electrònica de seguretat.

—Jo no he comprat aquest disc! No és meu! —va cridar el Charly tan alt que va fer un gall.

—Vols dir que reconeixes haver robat aquest disc?

—No! —va cridar el Charly més alt encara—. No sé com ha anat a parar a la meva jaqueta!

Davant dels meus ulls, tot discorria com en una pel·lícula, com si jo no hi tingués res a veure. El Charly, un lladre? No, no podia ser veritat! No en tenia cap mena de dubte. Precisament el Charly, que es pensa que és una mena de Zorro. Només podia haver-hi una explicació per com havia arribat el disc a dins de la jaqueta del Charly. Algú l'hi havia ficat!

El senyor Stehle, però, pensava diferent. Es va tornar a recolzar a la seva cadira creuant-se de braços.

—Digues, amic meu, em prens per idiota? No estàs tractant amb un principiant!

Va fer l'ullet a la seva princesa de la perfumeria i, a canvi, va rebre el meravellós somriure que probablement havia esperat.

—Què pensa fer, ara? —vaig preguntar imaginant-me com els nostres pares, furiosos, ens recollien de la comissaria.

—Bé... —va dir el senyor Stehle lentament—. Em penso que els vostres pares no us han ensenyat la diferència entre el bé i el mal. Però com que Nadal ja és a prop i jo no estic interessat a destrossar-vos la vida, provaré d'arreglar aquest assumpte sense la policia.

El Charly estava a punt de plorar.

—Però si jo no he fet res!

—Si continues mentint tan descaradament, m'hauré de repensar si aviso la policia o no! —li va cridar el detectiu.

Curiosament, jo estava ben tranquil·la. Potser perquè pressentia que d'alguna manera ens en sortiríem.

—I què vol fer ara?

En comptes de respondre, el senyor Stehle va agafar el telèfon i va dir a algú a l'altra banda de l'auricular que cridés el senyor Blumenthal i el fes anar al despatx del senyor Grossmann.

El cap de vendes i el nan de jardí! Potser la policia hauria estat la millor solució. Com no es podia esperar d'altra manera, el detectiu ens va fer aixecar bruscament de les cadires i ens va ordenar que l'acompanyéssim. A la porta es va acomiadar de la senyoreta Schindler i li va agrair enormement la seva col·laboració. Em vaig jurar a mi mateixa que no compraria mai a la meva vida ni perfums ni maquillatge. Després, l'implacable rastrejador ens va conduir pel passadís fins al despatx del cap de vendes.

—És urgent. Podem parlar un moment amb el cap? —va preguntar a la secretària del senyor Grossmann.

Sense preguntar-ne el motiu, va prémer el botó del telèfon intern.

—El senyor Stehle és aquí, senyor Grossmann. Vol parlar amb vostè, diu que és urgent. Ha vingut també amb dos nois.

—D'acord, que passi —va dir una veu poc després per l'altaveu.

La secretària es va aixecar i va obrir la porta. Sense preguntar, el senyor Stehle va seure en una cadira per a visitants que hi havia just davant de l'enorme taula del seu cap. El senyor Grossmann va mirar primerament el seu detectiu i després a nosaltres tot preguntant:

—Vosaltres un altre cop?

—Malauradament, sí. Una història desagradable —va respondre el detectiu per nosaltres.

El senyor Grossmann va gemegar:

—Però és que amb vosaltres només es poden tenir problemes?

Abans que algú pogués respondre, va tornar a sonar el telèfon intern.

—El senyor Blumenthal també és aquí. Diu que vol parlar amb vostè.

—L'he fet venir jo —va dir ràpidament el senyor Stehle.

El senyor Grossmann va sospirar.

—Que passi, doncs —va respondre a la seva secretària.

Vestit completament de Pare Noel, barba i caputxa incloses, el nan de jardí va entrar en el despatx. En veure'ns allà, es va quedar palplantat.

—No! —va exclamar—. Si us plau, vosaltres una altra vegada no! Què és el que heu fet?

—A mi també m'agradaria saber-ho ja, senyor Stehle. M'estan robant un temps valuós.

—Malauradament, aquesta és la paraula, senyor Grossmann —va començar a dir el detectiu.

En un parell de frases curtes, va explicar el que havia passat. Semblava un informe policial, la qual cosa era pitjor que la reprimenda furiosa al seu despatx.

Tot just va acabar el senyor Stehle el seu informe, el nan de jardí es va deixar caure en una butaca que hi havia al costat d'una tauleta en un racó del despatx. El senyor Grossmann va fer un bot.

—Ja en tinc prou! —va cridar.

Curiosament, semblava estar més enfadat amb el senyor Blumenthal que amb nosaltres.

—Primer de tot la història amb el seu Pare Noel de recanvi, després els testos i ara això!

El senyor Blumenthal no va dir res. Incrèdul, va mirar el detectiu i va moure el cap de tal manera que la barba falsa se li bellugava. De sobte, però, va explotar:

—Però, què us heu pensat? Robar? Això és l'últim!

Robar! Aquesta paraula va descol·locar completament el Charly.

—Però si jo no he robat res! —va cridar al senyor Blumenthal—. Si us plau, m'ha de creure!

—Ja n'hi ha prou! —va dir el senyor Grossmann—. Si us plau, senyor Blumenthal, reculli les seves coses i vagi-se'n dels magatzems. I endugui's els nois.

El nan de jardí es va aixecar tan de pressa que li va relliscar la barba i se li va quedar penjada del coll com una bufanda.

—Però això no m'ho pot fer, senyor Grossmann! Només és que he tingut mala sort. El Pit portava treballant amb mi des de feia molt de temps, i fins ara mai no havia tingut cap problema amb ell. I els nois també feien bona impressió...

—Doncs es va equivocar del tot —va replicar el cap de vendes fredament.

El nan de jardí no es va donar per vençut.

—Senyor Grossmann, si us plau, no m'ho faci, això! M'arruïnarà! Vostè és el meu millor client! I tots aquests anys fins ara havíem treballat molt bé plegats.

El responsable dels magatzems va creuar-se de braços i va tancar els ulls com si volgués reflexionar.

—Entesos —va dir després, més calmat—. Li dono una altra oportunitat. Però només una! I pel que fa a vosaltres —va dir-nos el cap de vendes—, ara mateix sortiu dels magatzems. Des d'aquest moment us hi està prohibida l'entrada! A tots quatre!

—Però si els meus amics no han...

—Això t'ho hauries d'haver rumiat abans —va interrompre el senyor Grossmann al Charly—. He dit tots quatre, i punt i final. Estigueu contents perquè no hagi avisat la policia. I no penso espatllar el Nadal als vostres pares; després de la festa, però, hauran de sentir un parell de coses dels seus fillets.

—El mans llargues que buidi el seu armari

abans de marxar —va dir entremig el detectiu dels magatzems—. No tornareu mai més a posar un peu aquí, d'això ja me n'encarregaré jo.

—I ja us podeu oblidar del vostre sou —va afegir el nan de jardí.

El Charly no va dir res més. Mirava per la finestra, com si no li importés res. Potser sí que de vegades és un boig, però no es mereixia allò. Jo només volia sortir d'aquell despatx. Li vaig agafar la mà i el vaig arrossegar darrere meu.

—Toquem el dos! —vaig pensar, i vaig sortir corrents de l'oficina creuant el passadís.

—Això no quedarà així! —ens va cridar el nan de jardí.

No li vaig fer cas i vaig continuar corrent. Només quan vaig arribar a l'escala que baixava al vestidor vaig córrer més a poc a poc.

—Ara anirà el nan de jardí cap al Ravenet i el Fred i els farà fora. Se'n sorprendran —vaig dir per dir alguna cosa.

El Charly era allà dret i em va mirar amb una mirada que mai abans no li havia vist.

—Si us plau, Estefi —va suplicar—. M'has de creure. El disc no l'he pas...

—Per qui em prens tu, ara? —el vaig interrompre—. I és clar que no l'has robat, ja ho sé.

El Charly va agafar aire.

—Gràcies —va dir baixant les escales a correcuita.

Jo el seguia a poc a poc. De segur que s'alegraria si estava un parell de minuts tot sol.

Quan vaig entrar en el vestidor, estava sacsejant amb totes les seves forces un armari tancat.

—Però, què caram estàs fent ara? —vaig exclamar—. Que t'has begut l'enteniment del tot?

—Aquest és l'armari del nan de jardí —va gemegar el Charly, furiós—. Segurament aquí dins hi ha tot el que ha robat.

—Ostres, Charly, deixa-ho córrer! Això no té ni cap ni peus.

En comptes de respondre'm, el Charly va donar una puntada de peu a l'armari del Blumenthal. Després, va anar corrents cap al seu armari i va estar toquejant el cadenat. En obrir-se la porta, va caure una motxilla que hi devia d'haver ficat el Charly, ja que en sortien tota mena d'estris.

Vaig haver de mirar dos cops abans de poder arribar a creure el que hi havia escampat a terra: una lupa, una llanterna, unes pinces i un clauer amb moltes claus, tan velles i rovellades que segur que no entraven ja en cap pany. Resumint: l'equip d'un detectiu! Tot just al costat dels meus peus hi havia vingut a parar una capseta plana. Vaig agafar-la de terra i vaig donar-li la volta.

EL PETIT SHERLOCK HOLMES
El meu primer joc de detectius
(Inclou un autèntic equip per detectar les empremtes digitals)

Quan vaig mirar el Charly, em van venir ganes de riure. Tanmateix, de sobte, em va fer pena com s'estava allà dret mirant-me amb uns ulls plens de por. Així que li vaig tornar la capseta.

—Té! De pressa! Amaga-la abans no vinguin els altres.

El Charly em va prendre de la mà la capseta i la va ficar a la motxilla amb la resta de «l'equip per a detectius». Uns segons després van aparèixer el Ravenet i el Fred.

—Eh, tios, eh! Sabeu què ha passat? Primerament el cap de vendes ha cridat el nan de jardí i, quan ha tornat, ens ha fet fora i ens ha dit que teníem prohibida l'entrada als magatzems, i que tot era culpa vostra. S'ha begut l'enteniment, aquest o què?

Vaig començar a explicar-los el que havia passat tan ràpida i tranquil·la com vaig poder.

—El Charly, un lladre? —va exclamar quan vaig acabar—. Estan com un llum!

El Charly l'hi va agrair amb un somriure. I el Fred també va donar a conèixer el que pensava de tota la història fent girant el dit índex contra la templa.

—Eh, tios, eh! Ara sí que n'estic fins als nassos, de tota aquesta porqueria dels angelets!

Es va arrencar l'anella de sant del cap i va llençar-la en un racó. Tot seguit en va sortir al darrere volant la camisa de dormir amb les ales.

—I ara toquem el dos d'aquí —va dir el Ravenet llençant també la camisa.

Em va treure les paraules de la boca. Jo tampoc no aguantava aquella situació, com si no pogués respirar més.

Un cop a fora, vaig convidar generosament els meus amics a una Coca-Cola i una hamburguesa del nostre fons comú de la bosseta. Com que per un temps ja em podia oblidar de la reparació de l'ordinador, no venia d'un euro de més o de menys... De tornada cap al nostre local preferit, el Charly va agafar ben fort la seva motxilla. Quan el Ravenet li va preguntar què hi havia allà dins, va murmurar alguna cosa sobre una carmanyola. Curiosament, no se'm va acudir delatarlo ni riure'm d'ell.

Després d'agafar forces, ja estàvem molt millor i vam poder tornar a somriure. Quan érem primer al despatx del detectiu i després al del senyor Grossmann, vaig tenir por i em vaig avergonyir com no m'havia passat mai abans. Per al Charly, tot aquell assumpte de segur que havia estat molt pitjor. No obstant això, com més en continuàvem parlant, més ens enfuríem. Tot plegat, quin sentit tenia, allò? Per molt que hi penséssim, no vam trobar res que pogués explicar-ho. En una cosa ens vam posar d'acord de seguida: no volíem esperar en absolut que el senyor Grossmann truqués als nostres pares després de Nadal. Ho volíem fer nosaltres abans. No seria gaire divertit, però millor que carregar amb allò tot el temps. Tots nosaltres els ho volíem dir com a molt tard dilluns a la tarda.

Tornant a casa, el Ravenet i jo vam acordar d'explicar-ho als nostres pares l'endemà mateix havent esmorzat. Era la millor hora. Després d'un agradable esmorzar de diumenge acostumaven a estar de tan bon humor que, probablement, ho pairien amb més facilitat.

—El cas del Pare Noel podem donar-lo per tancat —va opinar de sobte el Ravenet—. Després de tots els problemes, el Charly de segur que n'està fart. Què en penses?

—De segur que sí —li vaig donar la raó, malgrat que els darrers dies m'havia equivocat sovint en aquell sentit.

Diumenge, 20 de desembre

Els meus pares estaven realment de bon humor després d'esmorzar. Ara, que era tan bo que no ens atrevíem a espatllar-ho. Vam intentar un parell de cops de parlar-hi, però de seguida començaven amb bromes que ens feien riure i ens destrossaven el nostre bonic pla.

El Ravenet i jo ens havíem posat d'acord a pujar a la nostra habitació sense dir res per decidir què fèiem, quan van picar a la porta.

—Bon dia, senyora Dubbe! —vam sentir que deia la mare quan va obrir la porta.

Em van agafar milions de calfreds per l'esquena. El Ravenet em mirava preguntant-me què passava. M'havia oblidat totalment que la senyora Dubbe va presenciar el nostre vergonyós numeret als Hurtig. Així que el Ravenet tampoc no en sabia res. Ara ja no calia.

—Però, què diu? —va sonar la veu de la mare per tota la casa uns segons després—. Òscar! Estefania! Veniu aquí immediatament!

Mentre el pare anava a la porta i nosaltres darrere seu, vaig poder explicar a cau d'orella al meu germà el més important:

—Ens va veure ahir a mi i al Charly als Hurtig.

—Merda!

No ho podia pas haver dit millor. Especialment quan vaig veure les cares amb què els pares ens estaven esperant, sense oblidar-nos de la senyora Dubbe. Era una bruixa!

—La senyora Dubbe diu que ahir us van enxampar robant als magatzems? —va preguntar la mare amb una veu perillosament tremolosa.

Tot just volia començar la meva defensa quan em vaig tornar a enfurir.

—I tu t'ho creus, mare? —vaig exclamar—. Tu et penses que nosaltres podem fer una cosa així?

—Jo només he preguntat, Estefania. La senyora Dubbe ha dit...

—I jo dic que no és veritat! Si te la vols creure

a ella més que a mi —vaig cridar allà al mig—. Llavors, llavors...

Volia dir alguna cosa, però no em sortien les paraules. En comptes d'això, vaig fer mitja volta i vaig pujar escales amunt. El Ravenet va aprofitar l'ocasió i em va seguir.

A la meva habitació, em vaig estirar al llit, vaig copejar el coixí i el vaig llançar contra la paret, on va arrencar un dels meus pòsters preferits. Si el Ravenet no hagués estat al meu costat i m'hagués tranquil·litzat, hauria destrossat la meitat de la meva habitació.

Quan els meus pares van entrar a l'habitació, ja m'havia calmat una mica. Tots dos es van asseure al meu costat al llit i en van mirar una estona en silenci, com si no sabessin què dir.

—Què és el que ha dit l'estúpida de la Dubbe? —va preguntar el Ravenet.

—La senyora Dubbe —va dir el pare llançant una mirada fulminant al meu germà— ens ha dit que ahir va veure que un detectiu dels magatzems Hurtig va acompanyar l'Estefania i un dels seus amics, el Charly em penso, perquè havien fet saltar l'alarma.

El pare no va dir res més, tampoc no va preguntar res. Va estar esperant que un de nosaltres expliqués a ell o a la mare què és el que havia passat realment.

Afortunadament, el Ravenet se'n va fer càrrec, aquesta vegada. No sé si jo hauria estat capaç de fer-ho sense que m'agafés un atac. Estava tan empipada amb aquella vella bruixa! El Ravenet explicava la història com si l'hagués viscut. S'hi havia fixat fins a l'últim detall.

—Això sembla una pel·lícula ben dolenta de policies! —va exclamar la mare quan el Ravenet ja havia acabat.

Malgrat tota la fúria que duia a dins, vaig haver de riure. Això d'una «pel·lícula ben dolenta de policies» hauria posat malalt al Charly.

El pare es va aixecar i va anar cap a la finestra.

—Precisament el Charly... —va dir donant-nos l'esquena—. Me'n faig creus.

Es va girar i ens va tornar a mirar.

—I vosaltres esteu totalment segurs que no es va amagar el disc?

—Pare! —vaig cridar—. No comencis ara tu també! Em pensava que almenys vosaltres ens creuríeu.

El pare va aixecar les mans.

—Sí, sí, sí, i tant que us creiem. Només volia estar-ne segur del tot. Al capdavall, un robatori no és cap bestiesa.

—Pots estar-ne segur, pare. El Charly no robaria mai res.

—No entenc res de res —va dir la mare movent el cap—. Qui pot fer una cosa així a uns nens?

—A nosaltres també ens agradaria saber-ho —va afirmar el Ravenet.

—I el que més m'emprenya de tota aquesta història —va dir el pare— és la manera com us han tractat, tant si ha robat o no el disc, el Charly. No us poden prohibir l'entrada.

—I els diners! —va exclamar la mare—. Els nois hi han estat treballant. Tenen dret, doncs, als seus diners. Sí que s'ho ha muntat bé aquest..., com es deia?

—Nan de..., vull dir Blumenthal.

—Doncs ja li diré un parell de cosetes després de Nadal.

Em vaig espantar.

—Que potser hi vols parlar, mare?

—I tant que sí! —va respondre el pare—. No permetrem que us tractin així.

—Que hi haurem d'anar amb vosaltres? —va preguntar el meu germà, al qual li passaven pel cap els mateixos pensaments que a mi.

La mare se'l va mirar, sorpresa.

—Doncs sense vosaltres no podrà ser. Al cap i a la fi, en sou el motiu.

Trobava bé que els pares volguessin donar la cara per nosaltres, i els diners m'anirien força bé. Em feia por, però, la idea d'anar-hi agafadeta de la mà dels pares.

I va arribar el pitjor encara:

—Els pares del Charly i la mare del Fred no s'ho repensaran tampoc —va afirmar la mare—. Hauríem de trucar-los. Si anem tots plegats als magatzems, hauran d'atrevir-se a dir-nos a la cara que els nostres fills són uns lladres!

—Molt bona idea! —va fer el pare abans que poguéssim dir res—. Vaig a trucar-los ara mateix. Teniu el número, oi?

En feia un gra massa.

—Cal tot això, pare? Vull dir, ja n'hi ha prou anant-hi tots junts. Em fa tanta vergonya...

—Tens raó, Estefania. És una situació compromesa. No, però, per a nosaltres, sinó per a la gent dels Hurtig i el seu Pare Noel!

—No sabem si el Charly i el Fred ja ho han

explicat als seus pares —va provar un altre cop el Ravenet—. I si no ho han fet i els truqueu vosaltres ara, aleshores es pensaran que els hem traït.

La mare i el pare es van mirar.

—Entesos —va afirmar el pare—. Aleshores els truqueu vosaltres. I si els ho han explicat, aleshores els dieu que ens agradaria parlar amb els seus pares.

Què pot fer-se contra tanta raó paternal? Almenys vam poder convèncer-los que no els truquessin. Volíem donar una mica més de temps als nostres amics.

Vam poder endarrerir les trucades fins a l'hora de dinar. Per sort, el Fred i el Charly ja ho havien fet. I per les explicacions que donaven, devia haver passat tot de manera molt semblant a nosaltres.

El que va passar tot seguit va ser una mena de conferència telefònica entre pares preocupats, sempre seguint el mateix patró. Primer deien que estaven molt consternats; després es confirmaven els uns als altres que els seus fills mai no farien res de semblant; tot d'una van començar a arremetre contra la gent dels Hurtig i contra el nan de jardí i, per acabar, van quedar per després de Nadal perquè poguéssim anar tots plegats als magatzems, per aclarir la qüestió d'una vegada, tal com deien. Com que era una mica massa difícil trobar un dia que els anés bé a tots, l'assumpte es va allargar una mica. Com més temps sentia els meus pares al telèfon, més por em feia la idea de presentar-nos tot l'equip als magatzems Hurtig. Allò només podria acabar en una catàstrofe.

—Serà del tot horrible! —va dir també el Ravenet quan els nostres pares finalment s'havien posat d'acord en una data, i nosaltres ja havíem marxat a la nostra habitació—. I què hi podem fer?

—I jo què sé! Pregunta'm alguna cosa més senzilla!

—Potser el Charly té una idea!

7
Donem la volta a la truita

Dilluns, 21 de desembre

Quan el Ravenet i jo vam arribar al pati de l'escola, només de veure el Charly a la llunyania, vaig saber que ja se li havia acudit alguna cosa. Amb les mans enterrades al fons de les butxaques de la jaqueta, anava amunt i avall com un tigre engabiat. Allò només podia significar una cosa: ens estava esperant. I això ho feia només quan tenia una idea, per la qual es pensava que l'admiraríem. Pel que fa a mi, potser aquesta vegada podria tenir sort i tot.

—Per fi sou aquí! —ens va saludar com si no hagués passat res—. Que heu vist el Fred?

El Ravenet va mirar el seu rellotge.

—No, però encara és d'hora. I tu, per què estàs tan nerviós? —va preguntar amb cara de pasqua.

—He de parlar amb vosaltres.

—De què?

El Charly va mirar el meu germà com si estigués a la lluna de València.

—De què? No em pots fer cap altra pregunta més estúpida que aquesta! Vull parlar amb vosaltres perquè algú m'ha encolomat un crim injustament!

—Un crim? —vaig replicar—. No és una mica exagerat, tot això?

—Tu és que no has hagut de sentir les acusacions!

—Eh, tios, eh! Què en penseu, que els nostres pares vulguin venir amb nosaltres als Hurtig?

El Fred era allà.

—I encara ho preguntes? —vaig respondre—. Horrible no és la paraula adequada.

—Ja tornem a ser al tema —va dir el Charly—. Pel que fa a mi, no hi penso anar amb els meus pares. Sabeu què és el que ha dit la meva mare? Doncs que no pararà fins que el Grossmann, l'Stehle i el nan de jardí em demanin disculpes públicament. Públicament! Al diari o vés a saber on, i després tota l'escola es riurà de mi. No, ni parlar-ne!

—I què hi penses fer? —va voler saber el Ravenet.

—Això mateix és el que us volia comentar. Hi he estat rumiant tot el diumenge. Només hi ha una opció. Hem d'aclarir tot aquest assumpte abans que s'hi fiquin pel mig els pares.

—Eh, tio, eh! I com ho penses fer? Dissabte no ens va servir per res. Tot el que vam pensar no va tenir cap sentit!

—Espera! —va interrompre'l el Charly traient un paper de la motxilla, que no ens va ensenyar.

Típic! Volia donar intriga a la història.

—Hem d'actuar amb lògica. Penseu-hi! Ja us ho he dit moltes vegades —va gargamellejar fent-se l'important—. Aleshores, si es vol aclarir un crim, s'han de tenir en compte dues coses: l'autor ha de tenir un motiu i l'oportunitat de cometre el crim.

—Eh, tio, eh! No pots anar una mica més de pressa?

—Ja va, ja va, amb calma. El que està clar és que m'havien de treure del mig. Amb les meves investigacions devia estar ben a prop. L'autor es va espantar i qualsevol mètode li va semblar bé. Ara sé que estava en perill, en uns magatzems com aquests tot pot semblar fàcilment un accident, un prestatge que cau, algú que cau escales avall...

El Charly va fer una pausa dramàtica. Nosaltres ens miràvem bocabadats. Ara sí que s'havia tornat boig del tot. De la mateixa manera, va continuar.

—Dissabte entre les nou del matí i les dues de la tarda, algú va tenir l'oportunitat d'amagar-me el disc a la jaqueta, perquè en aquell temps va estar penjada al meu armari. I abans no hi era, el disc, n'estic segur. Abans d'anar a la roda de la fortuna, vaig agafar el mocador de la mateixa butxaca.

—Això mateix! —va exclamar el Ravenet, que s'havia recuperat el primer—. L'armari va estar tancat tot el temps, així que ningú no va poder agafar la teva jaqueta. Ja en vam parlar ahir!

—I aquí tenim l'error! —va afegir el Charly, triomfant—. Jo en tinc una clau, però el cadenat pertany als magatzems. De segur que hi ha una clau mestra! I deu estar en algun despatx, potser fins i tot al de l'Stehle o al del Grossmann.

—I què vol dir això? —va preguntar el meu germà.

—Vol dir que qualsevol que va tenir accés als despatxos entre aquelles hores, també va poder arribar fins a la meva jaqueta! I als despatxos només hi poden entrar els empleats dels Hurtig.

—Eh, tio, eh! Saps quants empleats hi ha?

—És clar! Però també tenim el mòbil.

—I qui penses que podria tenir un mòbil? —vaig voler saber.

—Us ho estic dient! Algú per a qui jo estava començant a ser perillós.

Les bajanades del Charly m'estaven començant a treure de polleguera.

—Que ens podries mostrar d'una vegada el que hi ha escrit en aquest paper?

—Això és el que volia —va dir el Charly, ofès, i me'l va donar—. Hi he escrit tots els noms dels qui treballen als magatzems i a més em coneixen.

Sospitós	Possibilitat	Mòbil
Nan de jardí	sí	potser
Pit	potser	potser
Grossmann	sí	no
Stehle	sí	potser
Venedora de perfumeria	sí	no
Venedora de CD	sí	no

—No ho acabo d'entendre del tot —vaig dir quan el Fred i el Ravenet ja havien llegit també el paper.

—Ara t'ho explico —va afirmar el Charly, tan generós que vaig tornar a posar-me furiosa amb ell—. De fet, tots van tenir una possibilitat, tret del Pit perquè el van despatxar. Encara que, d'altra banda, hi va poder entrar d'amagat. Al capdavall, coneix l'establiment perfectament.

—Eh, tio, eh! I què passa amb el mòbil? Per què els Pares Noel i el detectiu tenen potser un mòbil i els altres no?

—Pensa-hi, Fred! És molt fàcil! Comencem amb

els que podem descartar. El Grossmann em coneix, però no gaire bé. Llavors, per què hauria de robar-se a ell mateix i després prohibir-me l'entrada? No té gaire sentit, no m'ho crec.

Nosaltres tampoc.

—Ens queden encara la venedora de perfumeria i la caixera de la secció de música. La caixera és molt amable, fins i tot em va ajudar quan l'Stehle ens va enxampar a l'Estefi i a mi amb el disc. I la bleda de perfumeria és simplement massa ximple per poder dur a terme un pla tan intel·ligent.

De fet, no sabia per què el pla havia de ser tan intel·ligent, però tampoc no em podia imaginar que les venedores fiquessin el disc al Charly.

—Així doncs, arribem als sospitosos més interessants —va dir el Charly, tot orgullós—. En primer lloc, els Pares Noel. Hi he estat rumiant de nou i estic convençut que tot ha estat només una maniobra per despistar. El Pit va robar i per no aixecar sospites la seva banda l'ha hagut de sacrificar. Si no, l'Stehle s'hagués enfadat molt.

—I com has arribat a aquesta conclusió? —va

interrompre'l el Ravenet—. Van fer fora el Pit perquè era un gandul i com a venjança va començar a robar.

—Estic seguríssim que és el crim organitzat... —va dir el Charly, i ens va mirar fent-se l'important.

—Sí, sí, Charly, la Pare Noel *Connection* contraataca. Més val que continuem amb la llista —vaig proposar—. Per què té un mòbil l'Stehle?

—Molt fàcil! Enveja.

—Què dius?

—És ben clar! Em té enveja perquè vaig enxampar el Pit robant, i ell no. Aleshores potser va pensar que podia treure's del damunt el seu competidor fent-me sospitós amb proves falses. Acostumen a passar, coses així...

El Charly havia recuperat la seva antiga autoestima, així que vaig poder tornar a comportar-me amb ell com abans.

—Encara podem donar gràcies que no et llancés al llac més proper amb un bloc de ciment cordat al turmell.

—Ha, ha, que graciosa! —el Charly ens va mirar, expectant—. Què me'n dieu?

—D'alguna manera... sembla lògic —va opinar el Ravenet.

Encara que a mi se'm feia difícil, vaig haver de reconèixer en secret que la teoria del Charly no anava mal encaminada. Fossin veritat o no els mòbils que havia exposat el Charly, els únics que ens quedaven eren els Pares Noel i el detectiu, els quals, pel motiu que fos, havien volgut donar una lliçó al Charly. Tots els altres que havien tingut la possibilitat d'arribar fins a la jaqueta del Charly ni tan sols el coneixien. O si el coneixien, tenien menys motius per fer-li una canallada com aquella.

No obstant això, encara hi havia un problema.

—Com descobrirem qui dels tres ho va fer? I encara que ho arribem a saber, com ho provarem?

—Eh, tios, eh! Per què no preguntem a l'amable caixera de la secció de música? Potser es recorda d'alguna cosa.

—No diguis bestieses! —va exclamar el Ravenet—. No l'hi podem pas preguntar! Però si hi tenim prohibida l'entrada! A més, el qui va amagar el disc al

Charly també l'ha robat a ella. Si l'hagués comprat, no hauria tingut l'etiqueta de seguretat.

—El Ravenet té raó —va dir també el Charly—. No tenim cap altre remei que seguir la pista dels Pares Noel. Però quan pleguin.

—Eh, tio, eh! Vols dir quan surtin dels magatzems?

—Exacte! En algun moment hauran de treure el seu botí per amagar-lo o vendre'l. Si els enxampem fent-ho, els tindrem!

—I per què els Pares Noel? —vaig voler saber—. Si només hi ha el nan de jardí, allà.

—I què passa amb els altres que treballen al carrer? De segur que tots són còmplices!

—I si ha estat el detectiu? —ens va fer pensar el Ravenet.

—Tant és! Si ho va fer per enveja, aleshores en tindrem prou enxampant els Pares Noel. A un que ha detingut una banda de delinqüents ningú no li dirà mai a la cara que és un lladre.

—Una altra vegada hem de perseguir d'amagat un tipus —va sospirar el Ravenet.

—Ja veus, aquesta és la feina del detectiu —va afirmar el Charly—. Ens trobem aquest migdia a l'hort del Preciós perquè puguem ser puntuals a la sortida dels empleats de Hurtig quan pleguin els Pares Noel.

Si algun dia arribo a ser una detectiu de debò, aclariré tots els meus casos a l'estiu. Estar-se dret en una cantonada esperant algú que vigiles ja és prou dur. En aquest sentit, ja vam patir prou amb la senyora Schulte-Stratmann. Però si fa tant de fred com aquella nit, aleshores qualsevol feina és millor.

Com que el Charly tenia por que no féssim tard, vam arribar massa d'hora al nostre amagatall. Quan finalment van començar a sortir els primers empleats, vaig tenir la impressió que els meus peus s'havien congelat. I va passar una bona estona fins que va aparèixer el Pare Noel. D'aquesta manera, la nostra vigilància secreta també va acabar.

—Eh, tios, eh! El nan de jardí!

Abans que poguéssim entendre per què el Charly s'havia exaltat tant, el Preciós ja havia sortit corrents. Com és que no hi havíem pensat? Segurament si hagués fet més calor, ens hauria reconegut. El pobrissó es va alegrar tant de veure el seu nou amic, que va sortir cames ajudeu-me massa de pressa. De fet, corria com un campió mundial, però no avançava cap endavant. Semblava com si tingués una cinta mecànica sota els peus.

El Charly va ser qui va reaccionar més de pressa. S'hi va llençar al damunt i el va enxampar just per la cua. El Preciós va gemegar ben fort; tanmateix, no es va poder escapar. El Charly el va agafar i el va posar als braços del Fred, que bufava de ràbia.

—Eh, tio, eh! Però, què li has fet? Si li has trencat la cua, veuràs...

—Això és possible? —va voler saber el Ravenet.

—Mira que sou beneits! —els va escridassar el Charly—. Que no teniu cap altra preocupació? Au va, toquem el dos. Ara surt el detectiu!

Vam sortir d'allà tan de pressa com el gel del terra ens ho va permetre, abans no ens reconegués ningú.

—Els hem perdut —va afirmar el Fred, després de seguir-los uns quants carrers.

Després de comprovar que el nostre gos, a més de les dents i la meitat d'una orella, no havia perdut ara la cua, va calmar-se.

Com a resposta, el Charly va intentar fer una puntada a una pedra i de poc no cau a terra.

—Ho intentem demà? —vaig voler saber.

—Hem de fer-ho! —va cridar el Charly—. El temps se'ns tira a sobre. Després de Nadal serà massa tard! Els Hurtig no necessitaran cap més Pare Noel.

—Això són tres dies més —vaig intentar calmar el Charly.

Estava convençuda que el que havia planejat no funcionaria mai.

Dimarts, 22 de desembre

L'àvia sempre diu: «Els errors es poden cometre tranquil·lament. Només cal aprendre la lliçó.»

Això és el que havíem fet. Ens vam ficar els nostres abrics més gruixuts i les nostres botes més calentes. I havíem deixat el Preciós a casa. Allà tenia nans de jardí amb els quals podia jugar.

Com si el nostre nan de jardí hagués sabut que aquest cop anàvem més ben preparats, va sortir el primer dels magatzems.

Tot just quan ens disposàvem a seguir-li els talons, el Ravenet va exclamar:

—Allà hi ha el detectiu, també! Qui hem de seguir, ara?

Vam desaparèixer en el portal on ens havíem amagat.

—Seguirem de prop el nan de jardí —va afirmar el Charly—. És el nostre sospitós principal...

—Eh, tio, eh! —va interrompre'l el Fred—. Si no comencem a passar, el Pare Noel se'ns escaparà.

Amb compte perquè ningú no ens descobrís, vam marxar. El senyor Stehle anava unes passes al darrere del senyor Blumenthal.

—Potser també deu estar perseguint el nan de jardí? —va pensar el Charly en veu alta—. I què deu tenir en aquella bossa tan gran que duu?

—Potser l'equip de detectiu? —vaig burxar.

El Charly no es va immutar.

—Allà! —va cridar—. El Blumenthal s'ha aturat. Espera el tramvia!

Malgrat que no ens ho podíem creure, el detectiu va esperar també a la mateixa parada. Tots dos, però, semblaven no fer-se cas mútuament.

Vam aconseguir arribar fins al tren sense ser descoberts. La nostra sort era que hi havia molta gent esperant a la parada amb nosaltres. Així, quan finalment va arribar el tramvia, vam poder seure dissimuladament al darrere de tot entre la multitud. Hi havia fins i tot dos bancs lliures.

El senyor Blumenthal i el senyor Stehle van buscar, afortunadament, seient a la part davantera del vagó.

—L'Stehle no està seguint el nan de jardí —va afirmar el Ravenet—. Està assegut un parell de fileres davant seu. Des d'allà no el veurà baixar.

—També pot ser una trampa —va dir el Charly com tot un professional—. Potser té un mirall de butxaca.

Vaig mirar el meu rellotge. Tant de bo aquest parell baixessin aviat. Tot i que ja havíem pensat en les excuses que donaríem als nostres pares, tampoc no és que poguéssim tornar a casa gaire tard.

Com si hagués sentit el meu desig, l'Stehle va baixar a la segona parada. El senyor Blumenthal va continuar assegut. Semblava com si no hagués vist en absolut el detectiu.

El tramvia no va continuar immediatament. Com que ja coneixia el camí, sabia per què. En aquesta parada sempre arriben dos tramvies en direccions oposades, així que l'un ha d'esperar l'altre. D'aquesta manera vam poder observar com el detectiu passava davant nostre carrer avall sense mirar cap al vagó.

El barri de la ciutat on ens trobàvem no és precisament dels millors.

—Deu viure aquí? —vaig preguntar.

—És possible —va afirmar el Charly—. O potser només vol visitar algú.

En dir allò el Charly, el detectiu es va aturar i va mirar al seu voltant, com si volgués assegurar-se que ningú no el vigilava. Aleshores es va dirigir cap a la porta d'un petit comerç tot just al mateix carrer i hi va picar.

—Eh, tios, eh! Però, què està fent allà? La botiga ha tancat ja fa estona!

No vam poder veure si algú obria al senyor Stehle, ja que el tramvia es va posar de nou en marxa.

—Que estrany —va afirmar el Ravenet—. Què caram deu voler a aquesta hora?

El Charly va fer un gest amb la mà.

—D'això ens n'haurem d'ocupar més tard. Ara és el torn del Pare Noel.

I a nosaltres ens va venir força bé. Tot seguit, va anar cap a la porta i va sol·licitar parada. Vam esperar fins que va baixar a la parada següent i vam saltar del vagó a l'últim segon. Havíem d'anar amb molt de compte, perquè a diferència de la parada davant dels magatzems, en aquesta hi havia molt poca gent.

Després que el senyor Blumenthal girés per uns quants carrers, finalment es va aturar davant d'una casa. Va estar rebuscant en la seva bossa les claus, va obrir la porta, va entrar i va desaparèixer. Ens vam estar mirant la façana.

—Eh, tios, eh! Però si això és un bloc de pisos normal i corrent.

—I què et pensaves? —vaig replicar—. Que potser vivia en una cova?

—No, però bé podria haver passat alguna cosa excitant o sospitosa.

—Mala sort —va afirmar el Ravenet—. Tornem-hi, ja és tard.

Vam fer mitja volta i vam tornar a casa una mica decebuts. Per sort, la nostra cacera de persecució no havia durat gaire, així que podíem arribar a casa en cert sentit puntuals. De seguida vam trobar el camí cap a la parada, i el tramvia amb el qual podíem tornar no es va fer esperar gaire.

Quan vam arribar a la parada on havia baixat el senyor Stehle, vam pensar de nou en l'assumpte de la botiga. Com que el tren havia d'esperar-se un parell de minuts, vam poder observar-la més detingudament.

—Que podeu llegir el que diu a l'aparador? —va preguntar el Fred.

—Compra i venda —va desxifrar el Charly—. Compra i venda —va tornar a repetir, pensarós—. Aquest seria el lloc perfecte si un es vol vendre res robat.

—Malauradament, hi ha entrat el sospitós erroni —vaig dir.

—Eh, tios, eh! Però tenia aquella bossa. On és que l'ha deixat?

Aquella ocasió no podia tornar a desaprofitar-la:

—Ja t'ho he dit, el seu equip de detectiu.

—I a tu què et passa avui amb l'equip de detectiu? —va preguntar el Ravenet.

L'hi havia de dir? O potser havia d'estalviar tot allò al Charly?

El Charly semblava que llegia els meus pensaments. Sempre comença la defensa de cara.

—Sempre ho diu perquè jo també em vaig

endur una mena d'equip com aquest als magatzems —va explicar mentre la seva cara semblava més sana—. Una llanterna, i això. Mai no se sap per a què la pots arribar a necessitar.

—Una llanterna? —va dir el Ravenet fent burla.

No vull saber com hauria reaccionat davant «El petit Sherlock Holmes» o l'equip original per detectar empremtes digitals.

—Eh, tio, eh! Aleshores el teu armari no era tan buit com ens pensàvem. Sempre em sorprenia veure'l tancat encara que no hi fossis. Com vas portar les coses als magatzems sense que en sabéssim res?

—A la bossa on duia la carmanyola.

De sobte, el Charly es va esgarrifar.

—Tia, Estefi! Que no hi he pensat! Què és el que el detectiu va repetir quan érem al despatx del Grossmann?

No tenia ni idea del que volia dir.

—Doncs que no ens havíem de tornar a deixar veure pels magatzems.

—No, no em refereixo a això. Quan volíem anar-nos-en, va dir que havia de buidar el meu armari.

Sabia a què es referia!

—Exacte! Va dir que el de les mans llargues recollís totes les seves coses abans d'anar-se'n. Però si ni tan sols nosaltres sabíem que el teu armari no estava buit, com és que ell sí que ho sabia?

—Només hi ha una explicació per a això —va dir el Charly en veu baixa—. Va mirar a dins. I va ser quan em va ficar el disc a la butxaca de la jaqueta.

—Ha degut ser ell!

—Però no ho podem provar —vaig afegir jo.

—Potser sí que ho podem fer si ho preguntem a la dependenta de música —va dir precisament el Ravenet.

—Eh, tio, eh! Tenim prohibida l'entrada! Tu mateix ho has dit, Ravenet. Què passa si ens enxampen?

—Ens haurem d'arriscar —va afirmar el Charly—. Nosaltres simplement ens fiquem a dins. Potser tenim sort i ningú no ens reconeix. I si fos així, de segur que se'ns acudirà alguna excusa. Haurem d'improvisar, però.

Les improvisacions del Charly ja me les coneixia. Gairebé sempre no deia res i anava amunt i avall, i jo m'havia de rumiar alguna cosa. Malgrat tot, vaig trobar molt bé la idea del Ravenet. Si teníem sort, aviat sabríem si havia estat el detectiu qui havia amagat el disc al Charly.

8
El Preciós es torna a comportar

Dimecres, 23 de desembre

La cosa més bona de l'últim dia de classe abans de les vacances de Nadal és que podem marxar a casa abans del pati. Aquesta vegada també va ser així. D'aquesta manera vam tenir prou temps per dur a terme el nostre «perillós pla», com deia el Charly.

A través d'una entrada lateral, vam esmunyir-nos d'amagat als magatzems. A cada passa que fèiem miràvem bé al nostre voltant per si trobàvem algú que ens pogués reconèixer. Vam arribar a la secció de música sense ser reconeguts. També ens va ajudar el fet que els magatzems eren plens a vessar, com un dissabte qualsevol. De cop i volta em vaig alegrar que ens haguessin acomiadat, encara que els diners m'haurien anat bé.

A la caixa de la secció de música hi havia una altra caixera.

—Merda! —va exclamar el Charly fluixet.

Vam fer un cop d'ull més atentament i vam descobrir que «la nostra caixera» era al costat d'un prestatge endreçant els discos nous.

—Tant de bo que no sàpiga que tenim prohibida l'entrada —em va xiuxiuejar el Ravenet.

En veure'ns, ens va saludar somrient.

—Ah! Sou vosaltres! Que potser voleu un altre disc per regalar al vostre avi ara per Nadal?

—No, avui venim per un altre disc —va anar el Charly directament al gra—. Volíem preguntar-li si es recorda qui el va comprar.

—Quin voleu dir?

Li vam dir el títol, que mai a la vida no oblidaré.

—I encara duia l'etiqueta de seguretat —va afegir el Fred.

L'amable venedora va rumiar un moment. Alesshores després va fer que no amb el cap.

—No, no me'n puc recordar, si més no pel títol. Us podeu fer el càrrec de quants discos arribem a vendre abans de Nadal! Així que no em puc recordar de cadascun, i gairebé sempre sóc a la caixa, com podeu veure.

—De nou no tenim res!

—Només em puc recordar d'una cosa amb l'etiqueta de seguretat —va continuar—. El senyor Stehle em va demanar fa uns dies que li deixés un disc i que hi deixés l'etiqueta de seguretat. Volia comprovar si l'alarma funcionava o no. Me'l va tornar de seguida. Em penso que fins i tot el mateix dia, però no em recordo de quin.

Tampoc no calia. Ja ho sabíem: el detectiu era el culpable. N'estava segura.

Malgrat que no podíem ocultar la nostra alegria, després de donar les gràcies i de desitjar-li un bon Nadal, vam tornar a sortir d'amagat amb tant de compte com a l'entrada.

En sortir al carrer, vam donar curs a la nostra emoció.

«Eh, tios, eh! És la bomba!», «Maleït porc fastigós» i «Ja et tenim!» van ser els crits que més es van sentir.

Després, vam prendre una Coca-Cola i una hamburguesa. Encara ens arribava el fons comú, després d'haver comprat la setmana passada tots els regals.

—Però encara no sabem per què ho ha fet —va afirmar el Ravenet amb la boca plena.

—Ha de tenir alguna cosa a veure amb aquesta botiga —vaig dir, tota convençuda que passava quelcom d'irregular amb el detectiu—. I si anem a la policia?

El Charly no en volia saber res, d'allò.

—No servirà per res. L'hem d'enxampar amb les mans a la pasta!

—Però com? —vaig voler saber.

—Aquest vespre haurem de tornar a vigilar la botiga. Potser hi torna.

—Eh, tio, eh! Un altre cop? Ja no sé què dir a la mare!

—Au, ja pensaràs alguna cosa. A més, de segur que avui és l'última vegada. Aquest vespre l'enxampem.

—A mi no em ve de gust tornar a aquell lloc —va dir el Ravenet—. És una zona ben sinistra.

—Eh, tio, eh! Ens emportem el Preciós! Ens podrà defensar!

Vaig pensar que possiblement el Preciós és l'únic gos del món que té por d'un conill. No obstant això, jo també me'l volia endur.

Va ser molt difícil convèncer els pares que el Ravenet i jo volíem anar a casa d'un company de l'escola l'últim dia de classe abans de les vacances de Nadal per repassar *Mates* en comptes de preparar dolços de Nadal. Per aquest motiu vam arribar tard al punt de trobada. El Fred i el Charly ja ens estaven esperant. El Fred abans ja havia anat a recollir el Preciós.

En tot el camí cap a la botiga secreta el Charly ens va estar esbroncant perquè arribaríem tard. Tenia raó. Quan finalment hi vam arribar, el tramvia amb què el vespre abans havíem anat ja havia marxat. Ens vam amagar en una cantonada i vam esperar el següent. Potser el detectiu també havia perdut el tramvia, aquell vespre. Malauradament, no va ser pas així. Almenys no va aparèixer.

—Quina merda! —va cridar el Charly.

—Eh, tio, eh! Calma't. Potser va en el tramvia següent.

El Charly va moure el cap dient que no.

—No ho crec. Segurament que ja és a dins. Ens hem d'acostar a la botiga i provar de mirar per una finestra.

—I si ens enxampen? —va exclamar el Ravenet.

—Als magatzems no ens ha enxampat ningú —va respondre el Charly—. A més, tot això no caldria si no us haguéssiu endarrerit.

Ajupits, com acostuma a veure's a les pel·lícules, vam travessar el carrer corrents cap a la botiga. Però no ens va servir de gaire. A la part del davant, la casa tenia les persianes abaixades, i a la part del darrere cap de les finestres tenia llum. Quan vam tornar a inspeccionar la façana de l'edifici, de sobte el Fred em va agafar:

—Eh, tia, eh! Mira què hi posa, allà!

Em va mostrar una petita placa a la porta:

Propietari
Pit Kuhlmann

—És impossible! —va murmurar el Ravenet—. Que deu ser el nostre Pit? Aleshores, no és cap estudiant!

—I tant que és el Pit! —va murmurar també el Charly—. No pot ser cap casualitat, això. Ara mateix truquem a la policia.

—Però no sabem si hi és o no! I si l'Stehle és amb ell.

—Tant és! Les nostres proves seran suficients. Toquem el dos. Ja m'he informat d'on hi ha una cabina per aquí a prop.

El Charly no va deixar que fos ningú més que ell qui truqués a la policia. Tampoc no el vam intentar convèncer. Va ficar la targeta —fins i tot havia pensat en allò— a la cabina i va marcar el telèfon de la policia.

—Sí, hola, bona nit —va dir amb la tranquil·litat que la seva tremolosa veu li permetia—. Voldríem denunciar un crim.

Crim! Vaig pensar que no hi sentia bé. Vaig girar el dit índex a la templa però el Charly no es deixava empipar.

—Que quin crim? Robatori. És el detectiu dels magatzems Hurtig. Es diu Stehle. Ara mateix deu ser en una botiga sospitosa. Pertany al seu còmplice. Es diu Pit i treballa com a Pare Noel als

Hurtig. Potser n'hi ha més, de Pares Noel, amagats a dins.

Va fer una petita pausa perquè semblava que algú a l'altre costat del telèfon parlés amb ell.

—Que quants anys tinc? —va preguntar el Charly—. Per què ho vol saber?

Una altra petita pausa.

—Divuit! —va dir intentant que la seva veu semblés més greu.

Després la pausa va ser una mica més llarga, però més llarga es va posar la cara del Charly.

—No li estic mentint! —va exclamar de cop i volta—. Si us plau, cregui'm! Estem vigilant una casa extremadament sospitosa... Hola?

Es va treure el telèfon de l'orella i se'l va mirar bocabadat.

—Penjat. Ha penjat.

—No vindran, oi? —va preguntar el Ravenet innecessàriament.

—Exacte. No m'han pres seriosament.

—T'acostuma a passar molt sovint, això? —no em vaig poder reprimir.

El Charly encara se'n feia creus.

—I tot perquè som uns nens!

—I què passaria si truqués un adult per nosaltres? —va proposar el Fred—. De segur que per aquí viu algú que ens podria ajudar.

—I on? —vaig preguntar—. I què és el que li hem de dir? Que estem vigilant una banda de criminals?

El Charly va moure el cap fent que no.

—Això tampoc no s'ho empassaran. No obstant això, podríem denunciar qualsevol altra cosa. Tant és el motiu, l'important és que vinguin!

—I què és el que vols denunciar?

—Per exemple... Doncs que han atropellat el Preciós i que el conductor ha fugit.

—Eh, tio, eh! Ni parlar-ne!

El Charly va haver de fer servir tot el seu repertori per convèncer el Fred que el Preciós també havia de posar la seva part per a «l'aclariment del crim», tal com va dir literalment.

—Al capdavall, tot això és culpa seva —va afirmar—. Ara pot fer una bona obra.

Després d'un parell de discussions, el pla era perfecte. Tot just a l'altra banda del carrer hi havia una casa que donava més o menys confiança. Les finestres estaven decorades amb estels de colors i pertot arreu hi havia llums encesos. Allà segur que ningú no ens faria res.

Vam travessar el carrer i vam picar al primer timbre. D'una manera sorprenent, segons després vam sentir com s'obria la porta. Vam esperar a l'entrada, mentre que el Charly va pujar l'escala fins a l'alçada de la planta baixa. Dubitatiu, va mirar entre les portes tancades dels pisos. Tot seguit es va obrir una d'aquelles portes. Probablement es podia veure per l'espiell qui hi havia. I gairebé ningú no té por d'un nen.

Primer de tot no vaig poder veure qui havia obert la porta, però després va fer una passa endavant. Era una dona. Darrere seu s'amagaven dos nens petits que miraven encuriosits cap a l'esquerra i cap a la dreta a través de les seves cames.

—Que podria trucar a la policia per nosaltres, si us plau? —va dir directament el Charly.

La dona, espantada, va fer una passa enrere.

—A la policia? Per l'amor de Déu! Per què a la policia?

—El nostre gos ha tingut un accident. Probablement ferides internes! I el conductor ha fugit —va dir el Charly despertant compassió.

Després va assenyalar el Fred, que duia el Preciós en braços. L'havia cobert amb el seu abric perquè ningú sabés que no li passava res. Només se li podia veure el nas. La nostra bola de pèl xiulava a través del forat de la dentadura, com sempre fa quan està exaltat. Aquest cop, però, em semblava que ho feia més fort que de costum. O bé el Preciós estava especialment exaltat o bé el xiulet ressonava massa fort al passadís. Tot plegat va causar una gran impressió a la dona.

—Pobre animalet! —va exclamar—. Si ha perdut les dents en l'accident...

—Aleshores trucarà? —va preguntar el Charly, impacient.

Tenia por que la dona s'ensumés res.

—I tant que ho faré —va dir—. Espereu aquí un momentet. Voleu que truqui a un veterinari, també?

—Mmm...

—Això ja ho farà la policia! —vaig exclamar ràpidament—. L'esperem a la porta.

—Bé, com vulgueu. Ara mateix hi truco —va entrar amb els nens a casa i va tancar la porta.

El Charly ens va fer l'ullet baixant per les escales.

—I ara sortim d'aquí. Esperem que mentrestant l'Stehle no hagi marxat.

Realment és una passada la rapidesa de la policia. Tot just acabàvem de travessar el carrer quan un cotxe patrulla amb tots els llums es va aturar al costat nostre.

—Només falta la sirena! —va murmurar el Fred—. No hagués calgut tant...

Els policies que van baixar del cotxe em vam recordar l'Oliver i el Hardy. L'un era jove i esquifit, i l'altre més vell i grassonet.

—Heu informat vosaltres d'un accident? —va preguntar l'esquifit.

—D'aquella manera, es podria dir... —va respondre el Charly.

—Què vol dir això?

—Doncs... és que no hi ha hagut cap accident. Havien de venir per un altre motiu.

—Què?

—En aquella botiga d'allà s'amaga una banda de delinqüents.

—Què dius?

—I nosaltres els volíem demanar si els podrien detenir.

—Digues, noi —va agafar ara la paraula el grassonet—: us heu begut l'enteniment? Trucar-nos pels vostres jocs infantils? Heu vist massa la *tele* o què?

—No és cap joc! —va exclamar el Charly, enfadat—. De debò, es tracta d'una banda de lladres. El detectiu d'uns magatzems també hi està implicat! Ell també és un lladre!

—Bé, ara sí que ja n'he tingut prou! —va cridar l'esquifit—. Vosaltres, criaturetes, us penseu que us ho podeu permetre tot! Això els sortirà ben car, als vostres pares! Us ho prometo! A més, com és que us deixen anar pel carrer encara a aquestes hores?

—Eh, tio, eh! El que ha explicat el Charly és veritat! Els paios de la botiga són realment uns lladres. Al Charly li van col·locar un disc a la jaqueta!

—Digues, ens prens per uns imbècils? Aquesta història la pots explicar al teu avi!

Probablement hauríem pogut continuar una estona més així sense adonar-nos del que estava passant darrere nostre. Afortunadament, teníem el Preciós. Sense avisar, va saltar dels braços del Fred i va sortir-ne corrent i tossint.

—Eh, tio, eh! —va cridar-li el Fred—. Atura't!

—Què li passa ara al vostre gos? —va preguntar el policia grassonet.

—El nan de jardí! —va exclamar el Ravenet—. Per allà darrere s'acosta el nan de jardí!

—Qui és aquest?

—És l'altre nan de jardí —va exclamar el Charly—. El nostre antic cap de feina. També està embolicat en tot això.

Aparentment, el senyor Blumenthal, que es dirigia cap a nosaltres des de l'altre costat del carrer, va necessitar una estona fins que va comprendre el que passava. Quan després va reconèixer el Preciós, va girar cua i va sortir corrent tan de pressa com l'hi permetia la seva panxa.

Si no haguéssim sortit darrere el Preciós com a bojos, hagués estat perseguint la seva joguina vivent tota la nit. Però va tornar amb nosaltres amb la cua entre les potes.

—Ha vist això? —va exclamar el Charly—. El

paio ha fugit! És que no pensa donar l'ordre de crida i cerca?

—Qui diu que ha fugit? —va replicar el policia esquifit—. Ha sortit corrent pel gos. Probablement n'ha tingut por.

—Por? —vaig exclamar—. Que potser es pot imaginar algú que pugui tenir por d'*aquest* gos?

Els policies es van mirar el Preciós, que estava plantat davant seu tremolant i xiulant amb la llengua a fora.

—I si els nois tenen raó? —va preguntar el grassonet.

—No et voldràs empassar totes aquestes ximpleries, oi? Això només és una broma de mal gust, res més.

El policia grassonet va moure el cap.

—No ho sé, no ho sé... Aquí hi ha alguna cosa que no m'agrada.

—I tant! —va exclamar l'esquifit—. A mi no m'agrada res de tota la història!

—No, no. Millor truco als col·legues de la brigada criminal, per si de cas.

En sentir «brigada criminal», el Charly es va encongir i va fer uns ulls com taronges. Malauradament, el grassonet va tancar la porta del cotxe mentre parlava per ràdio amb els seus col·legues. Malgrat que vaig parar bé l'orella, no vaig entendre ni una paraula.

Mentrestant, el seu col·lega va anotar els nostres noms i les nostres adreces, alhora que bufava pel nas i movia el cap.

Quan el policia grassonet va sortir del cotxe, feia una cara de dubte i es gratava el cap.

—I? Què t'han dit? —va voler saber l'esquifit.

—No t'ho creuràs, però els col·legues diuen que aquesta adreça no els és desconeguda. Estan darrere d'un cas. En qualsevol cas, hem de dur els nois a comissaria i donar-los les adreces perquè puguin avisar els seus pares.

—Això es posa interessant! Hi estic d'acord. Ara que la cosa està tranquil·la.

—Que no ens podem quedar aquí? —va demanar el Charly—. M'agradaria tant veure com detenen els gàngsters. Els podríem ajudar!

El grassonet va esclatar a riure.

—I ara encara això. Res, pugeu al cotxe, vinga!

Encara que el Charly es va decebre molt perquè no va poder presenciar la detenció, a mi em semblava tot fantàstic! No havia anat mai abans en un cotxe patrulla. Contínuament sentíem pels altaveus paraules incomprensibles, probablement de la policia.

A la comissaria tot va ser també molt excitant. Vam seguir els policies per un llarg passadís. Vaig mirar el Charly. Poques vegades l'he vist tant radiant. A cada passa que feia, creixia més. Em penso que tots els regals que pogués tenir l'endemà per Nadal no serien suficients per superar aquesta aventura.

Els policies ens van conduir a una sala de reunions i ens van donar fins i tot una Coca-Cola. Poc després va entrar un home amb uniforme.

—Sóc l'inspector en cap Stecker, de la brigada criminal —es va presentar, i va seure també a la taula.

L'Oliver i el Hardy l'havien saludat poc abans amb un gest amb el cap i després se n'havien acomiadat. Segurament després es passarien mitja nit parlant de nosaltres.

—Llavors, expliqueu-me —va començar el senyor Stecker.

Va ser el moment que tant havia esperat el Charly. Jo vaig tenir clar que nosaltres no tindríem dret a dir res en la mitja hora següent. I així va ser. Mentre que el Charly omplia l'aire amb la seva xerrameca, el senyor Stecker anava prenent notes. En un parell d'ocasions em vaig adonar que s'havia d'aguantar el riure. El primer cop, ja de bon començament, quan el Charly li va explicar amb tota mena de detalls que ells dos són col·legues, per dir-ho d'alguna manera. I després, al final de tot, quan va explicar «l'accident» del Preciós. La resta de la història semblava interessar-lo força.

—Però ha detingut ja els delinqüents? —va preguntar el Charly al final del seu discurs.

—A poc a poc —va riure el senyor Stecker—. Aquí no anem tan de pressa com a la televisió.

—Però quan ho facin, hi podrem ser presents?

—En absolut! Ara mateix vindran els vostres pares a recollir-vos.

Poc després es va obrir la porta i tot el que Charly

& Company podia oferir als pares se'n va anar en orris. Primerament estaven molt exaltats, però quan després van anar coneixent la nostra història, penso que llavors es van sentir molt orgullosos de nosaltres.

—Ara hem de marxar —va dir la mare del Charly—. És molt tard, ja. I després de tantes emocions deus estar molt cansat, amoret meu.

—Mare! —va exclamar el Charly, vermell com un tomàquet—. No estic cansat! I no em dic *amoret* sinó Charly!

—Que sí, que sí. Però ara hem de marxar igualment, amoret.

Un cop a casa, vam haver de tornar a explicar als nostres sorpresos pares tota la història. Era ja molt tard quan el Ravenet i jo vam anar a dormir. Tot i així, encara vaig trigar una mica fins que em vaig adormir.

Dijous, 24 de desembre

Aquella vigília de Nadal, el repartiment de regals va començar de bon matí. Encara no havíem acabat d'esmorzar quan va sonar el telèfon. Sempre m'empipo quan estic menjant i em destorben. Tanmateix, hi vaig anar i el vaig agafar.

No havia pogut dir ni tan sols el meu nom quan el Charly em va cridar a l'orella:

—Això és molt fort, Estefi! L'has llegit?

—No. Què?

—El diari! Surt al diari! Que el tens?

El vaig anar a agafar ràpidament. Després de buscar una mica, vaig trobar el que el Charly volia dir. Era un article curt amb el títol: «Curt i gustós».

No em podia creure, però, el que hi havia escrit:

Poc podran gaudir aquests dies de Nadal els membres d'un banda de lladres i encobridors que la policia va detenir ahir. Segons fonts policíaques, els delinqüents es feien contractar com a Pares Noel per uns grans magatzems per poder amagar sota els seus amplis abrics els articles robats que prenien als seus clients. Erwin B. (48) i Kurt S. (46) havien camuflat la seva organització delictiva sota el nom d'Agència de Pares Noel. Per desfer-se del botí al més aviat possible, col·laboraven plegats amb l'encobridor Pit K. (34). Sembla que han perjudicat uns coneguts magatzems, precisament el detectiu dels quals, Josef S. (39), els hauria ajudat i encobert. Especialment dur deu haver estat el fet que uns nens hagin jugat un paper molt important en la seva detenció. Les quatre «joves promeses», que es fan dir banda de detectius, van seguir la pista dels criminals de forma casual. I ara poden comptar fins i tot amb una recompensa, tal com ens han respost des dels magatzems. Bé, doncs: bon Nadal!

—Només em molesta que aquest estúpid reporter no hagi fet esment dels nostres noms! I que també escrigui *banda* de detectius! Tan difícil és d'entendre que som una agència de detectius? —va cridar el Charly per telèfon—. Però això de la recompensa és fort, oi? Què ens donaran? Potser podem escollir el que nosaltres vulguem dels magatzems. Ja em rumiaré què m'agafo. Bé... ara he de trucar al Fred! De segur que cau de cul a terra! Tu pots explicar-ho al Ravenet. Ah! Per cert, bon Nadal!

—Bon Nadal, cap —vaig respondre, però ja havia penjat.

Si era cert el que el Charly suposava, i nosaltres podríem agafar qualsevol cosa que volguéssim dels magatzems com a recompensa, el Charly no havia de rumiar gaire. Els Hurtig són uns grans magatzems, i segurament hi ha una secció on podria reparar el meu ordinador.